U0679587

三千六百年封神纪

李天飞——著

阳

北京联合出版公司
Beijing United Publishing Co.,Ltd.

图书在版编目（CIP）数据

三千六百年封神纪 ： 全二册 / 李天飞著． — 北京 ：
北京联合出版公司， 2020.10（2020.11 重印）

ISBN 978-7-5596-4465-7

Ⅰ．①三… Ⅱ．①李… Ⅲ．①章回小说－小说研究－
中国－明代 Ⅳ．①I207.41

中国版本图书馆 CIP 数据核字（2020）第 144251 号

三千六百年封神纪（全二册）

作　　者：李天飞
出 品 人：赵红仕
责任编辑：肖　桓
特约编辑：陈胜伟
装帧设计：满满特丸设计事务所
内文排版：高巧玲

北京联合出版公司出版
（北京市西城区德外大街 83 号楼 9 层　100088）
北京联合天畅文化传播公司发行
北京启航东方印刷有限公司印刷　新华书店经销
字数 212 千字　710 毫米 ×1000 毫米　1/32　10.25 印张
2020 年 10 月第 1 版　2020 年 11 月第 2 次印刷
ISBN 978-7-5596-4465-7
定价：99.00 元（全二册）

版权所有，侵权必究
未经许可，不得以任何方式复制或抄袭本书部分或全部内容
本书若有质量问题，请与本公司图书销售中心联系调换。电话：（010）64258472-800

序

《封神演义》是一本有趣的书，它在我国的古典神魔小说中占有一席之地。当然，如果从文学的角度衡量，它不能说多么的成功。它的文笔比起名列神魔小说榜首的《西游记》来，要差了很大一个档次。它的故事大多数是干巴巴的，而且套路化非常严重。《西游记》探讨的人性之自由、身心之修炼等深刻话题，甚至再次一等的《镜花缘》探讨的社会问题，《封神演义》也几乎没有。

但是，如果比较《西游记》和《封神演义》这两本书对现代网络文学的影响，还真的不一定能比出高低来。因为《西游记》的原型是很难复制的，非常明确——就是唐代玄奘大师去印度求法的故事。所有的情节展开，都是在这个骨架上添加新东西。无论怎么改，都离不开“取经”这个最终目的。哪怕稍微改一改，故事的结构就破坏了。所以，《西游记》火了之后，虽然明代的出版商也跟风出了《东游记》《南游记》和《北游记》，但明显没法套用《西游记》的套路，而是各自讲各自的故事。因为东、南、北都没有真经可取。如果说“真经”是修行圆满的隐喻的话，那么中国历史上也没有第二个能与之相抗衡的同等的隐喻。

但是《封神演义》则不同，“武王伐纣”甚至可以说只是一个由头。《封神演义》的作者只是借着这个由头，创造了一个宏大的阐截斗争的“世界观”。虽然他的文学才能（或者说他的精力）没有很好地支撑起这样的结构，但也不必惋惜，因为这个设定实在是太天才了。这种神界两派各帮一边的模式，可以套用在任何历史大事甚至架空的世界上。尽管这个设定还有各种各样的缺憾，比如作者似乎本来想设定“三教”，但他自己好像也没有讲清楚第三教是谁。比如还有八部正神到底是哪八部，除了上四部“雷火瘟斗”之外，下四部他也没有讲清楚。但是这都无关大局。毕竟，授人以鱼，不如授人以渔。从开源性、可复用性上来说，《封神演义》是超过了《西游记》的。今天的网络小说从《封神演义》里获得的营养，我认为是比《西游记》多的。

《封神演义》的故事背景发生在商朝，但是，《封神演义》这本书，反倒写于明末。所以，作者并不在乎出场的神仙是不是商朝就有了，而是把三千多年来出现的神仙全以一锅烩的方式全部托出。比如说，惧留孙的原型拘留孙佛，文殊、普贤、慈航（即观音）三大士，都是汉代佛教传入中国之后才渐渐出名的。陈塘关总兵李靖，原型人物是唐代的名将李靖——换句话说，《封神演义》这部书，是以商代的史实和从商代到明末三千六百年间积累的各种神话资源共同组成的。

我一直想象着，明末许仲琳（或其他的可能的作者）的书桌上，摆着一个巨大的茶碗，碗里有一撮茶叶——这就是商周之际的那点真实历史。然后，他用这只大碗，承接着不同时代落下来的幻想的水滴。最后他端给我们的，是一碗混合在一起冲开的浓茶。

喝了这碗茶的人，当然会觉得味道不错。不过，既然这碗里本来有些茶叶，而且这些水滴是在不同时期落下来的，我就想这样做：先分干湿，把史实和幻想分开来；再分时代，从茶树上长出第一片叶子开始，一直到最后一颗水滴落下，让大家更清楚地知道这杯茶是怎么经历了三千六百年而诞生的。

所以这本小书分上下两册。上册（我和编辑老师喜欢管它叫“阳本”）基本上是史实，或者是见于正史记载的内容。从商族的起源“玄鸟生商”开始写起，然后按时间顺序，写到文王创业、姜尚辅周、武王伐纣，一直到分封列国。这些内容，《封神演义》里或多或少都有所涉及。当成一本商周易代的通俗简史看，也是可以的。

然而，史实虽然结束了，但幻想的部分才刚刚开始。下册（我们喜欢叫它“阴本”）的编排，是按照《封神演义》里神仙的实际出现的年代为顺序的。因为神仙们并不是从天地未分时就有的，他们要么是人类的幻想，要么就是对历史人物的神化，如果把他们当做一个个有血有肉的人物的话，他们总也有一个“生日”。比如就拿阐截二教的三位教主来说，掌教大师兄老子，是春秋时的历史人物；二师兄元始天尊，是道教徒的创造，实际上是南北朝时期才确立地位的；而通天教主，恐怕是《封神演义》根据明代的一些民间信仰创造出来的。三位在书里并称师尊，实际上老大比老三足足大了两千多岁！

所以，在“阴本”里，我尽量去还原《封神演义》神仙的“生日”。如果是对历史人物的神化，那就直接沿用历史人物的诞生时间或死亡时间。如果是想象的神仙，那就尽量查考出他最早出现的年代（佛教按最早被引入中国的年代算）；如果仍然查不出来，那就选取这位神仙信仰开始流行的年代。这样一来，一部《封神演义》

涉及到的元素，就被打散，而重新安置在漫漫历史长河之中了。

感谢先秦史博士谢能宗先生，作为本书的学术顾问，他提供了丰赡而耐心的指导。感谢华东师范大学历史学系副教授王进锋先生，百忙之中拨冗为小书作了审订。

李天飞

目录

第一章　玄鸟生商（约始于公元前 20 世纪）———— 1

第二章　西土先民（约始于公元前 20 世纪）———— 17

第三章　文王称霸（约前 1100—前 1050 年）———— 31

第四章　末代君王（约前 1075—前 1046 年）———— 49

第五章　殷商群臣（约前 1075—前 1040 年）———— 61

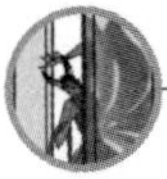

第六章　九尾妖狐（约前 1065—前 1046 年）———— 77

第七章　太公辅周（约前 1060—前 1040 年）———— 95

第八章　武王伐纣（约前 1049—前 1043 年）———— 109

第九章　伯夷叔齐（前 1046 年前后）———— 131

第十章　分封列国（约前 1046—前 990 年）———— 147

商·西周

第一章　玄鸟生商

约始于公元前20世纪

《封神演义》的起因，是昊天上帝命众仙设立“封神榜”。所以，这本书也要从神仙讲起。

所有的原始人都崇拜上天，认为上天有一位大神，叫“上帝”[1] 或“天帝”。不同的民族，不同的时代，崇拜的天帝并不一样。

四千年前，东方某些部族崇拜的最高的神，并不是玉皇大帝。那时候还没有这个神，当时最高的神是帝俊（也叫帝夋）。

帝俊的神通很大，他掌握着日月星辰、风雷雨雪，天下万物都从他这里化生。

帝俊有三个美丽的妻子，第一位名叫羲和，是太阳的母亲，生了十个太阳。

第二位名叫常羲，是月亮的母亲，生了十二个月亮。

1 “上帝”这个词本来是我们用来称呼天帝的，但翻译《圣经》的时候也用在了耶和华身上。

第三位名叫登北氏（也叫登比氏），名气不是很大，似乎和北斗有关，姑且认为她生了许多星星。

羲和叫十个太阳儿子每天轮流出来值班，谁知道有一天，十个太阳脑子进水，一起冒了出来，人间顿时遭受了巨大的旱灾，江河干枯见底，山林烈火熊熊。

于是，人间出了一位英雄叫羿，用一张神弓和九支神箭，射下了九个太阳，只留了一个。帝俊痛失九子，当然恨得咬牙切齿。

再后来，常羲的名字变成了“常仪”，又变成了“常娥”[1]，然后又变成了“嫦娥”。

美女爱英雄，嫦娥喜欢羿，就和他在一起了。

帝俊：这天帝我不当了，行吗?

事实上，还真可能是这样。后人编出羿和嫦娥的故事的时候，大概已经到了战国、秦汉时期。那个时候，人们早就忘了嫦娥（常羲）曾经是天帝的夫人。

一句话，帝俊过气了。

神的过气，就是被人们忘记。人们又热衷于创造新神，编新故事。

所以，从这个角度来说，《封神演义》和上古神话并没有什么两样。当旧神过气后，就会有人创造一些新神，来满足人

1　仪、娥的上古读音相近。

类的好奇心。鸿钧老祖就是这么被创造出来的。至于旧神，就让他躺在纸面上当“僵尸号”吧。

然而帝俊并不满足于当“僵尸号”。或者说是战国秦汉的学者，不满足于让他当“僵尸号”。帝俊还有这么多粉丝呢，怎么不好好利用？

于是，不知哪个学者大笔一挥，帝俊就变成了帝喾[1]，成了“五帝”之一。从此，帝俊或帝喾，就不再是天上的大神，而是人间的贤王圣主了。

帝俊从天帝变成人间圣王，相当于“下凡”，或者叫神话的历史化、平凡化。中国人喜欢干这种事，黄帝、颛顼，乃至舜、禹，其实都是神话中的人物。或者顶多说既是神话人物，又是部落首领的名字。但是中国人的头脑非常实际，他们更愿意接受后一种解释。

其实，人类总有那么一段原始时代，充满了各种神奇的想象，神和人混在一起没法区分，而承认这些并不丢人。只是中国文化比较早熟，很早就把各种瑰奇的神话生生改造成信史了。

既然是贤王圣主，那就得有后宫佳丽啊！

所以学者们不断地给帝喾“找”老婆，说他长妃是有邰氏之女，名姜嫄；次妃是有娀氏之女，名简狄；三妃是陈酆

1　“喾”通倍、皓、皞。皞又写作“昊”，意思就是上天。《帝王世纪》：“帝喾生而神异，自言其名曰夋。”

氏之女，名庆都；四妃是娵訾氏之女，名常仪（即常羲，也是帝俊的老婆，只有这位没有变）。

其他三妃先不管，先说这位次妃简狄。

简狄的故事见于《史记 · 殷本纪》，大意是说，有一天，简狄和两个姐妹在河里洗澡，忽然天上飞过一只燕子，落下一颗蛋。简狄眼明手快，抢过蛋来吃了，过了几天就觉得怀了孕，后来生了一个男孩，也就是契。契长大后，就成了商族的始祖。

司马迁把这个故事和简狄是帝喾次妃的故事堂而皇之地写在一起，放在了《殷本纪》的开头。他觉得这样一来，商族始祖出身于帝王之家，够高贵了；出生经历是吞燕卵而生，也够神奇了，真是完美。

然而老先生似乎忘了一件事：且不说作为王妃的简狄还能不能去河里洗澡，就说这孩子既然是吞燕卵而生的，那这里面有帝喾什么事呢？这孩子到底是谁的？

其实，吞燕卵生契的故事，是一个非常典型的“感生神话”。在很多原始部落里，人们只知有母，不知有父。女子怀孕了，也不知是怎么怀上的，所以经常归因于一些自然因素。

澳大利亚的土著阿兰达人都是棕色皮肤、黑色眼睛的，直到 19 世纪时还过着原始的生活。如果哪个女人生了个白皮肤、蓝眼睛的娃，当爹的虽然觉得新鲜，但并不会认为有什么问题，因为欧洲人也经常来。他会想：“哎，对嘛，我想起来了，去年不是有个欧洲人来过吗？不但在咱家睡了一夜，还给了咱几袋面粉呢。咱们吃了大半年欧洲面粉，娃就长这样了。”

所以，帝喾遇到这样的尴尬事，还真不怨他。这是战国后的学者强行让他“下凡”，才给他招来的麻烦。

用我们今天的眼光看，事情应该是这样的：商族的祖先崇拜帝俊。帝俊是天神，并不是商族的始祖。简狄不知和谁生了个儿子，为我们留下了一个感生故事。这件事反倒是蜀国的谯周（一个留下骂名的大学问家）看得明白：“以其父微，故不著名。”[1]

契的母亲简狄，来自有娀氏。族名里带个“戎”，很可能是北方的戎族，顺着太行山迁徙到今天的河北省南部时，和另一支东方部族高辛氏融合到了一起，商族的始祖就从这里诞生了。河北省南部有一条漳河，过去叫漳水，又叫滴水[2]。商族长年生活在这里，就把河流的名字当成自己的族名了。

契的神话在《诗经》里还保留着，这就是《商颂》里的《玄鸟》：

> 天命玄鸟，降而生商，宅殷土芒芒。古帝命武汤，正域彼四方。

玄鸟就是燕子，所以契又称“玄王”。玄就是黑色。古人看燕子，着重于它背上的黑毛，所以叫它玄鸟。而今天的人侧重于全身——“小燕子，穿花衣”，这样契就得改叫“花王”了。

当时黄河经常泛滥，所以商族经常迁徙。契的儿子是昭明，

---

1 《史记·殷本纪》司马贞索隐引谯周语。

2 杨树达，《积微居甲文说·释滴》，科学出版社，1954 年。上古地名都是学者根据各种材料的推测，每个说法都有一定的证据。这里只取其中一种说法。

昭明带着部族迁到了砥石。砥石在今天河北的古泜水流域[1]。泜水今天还有，名字也没有变，只是按今天的习惯叫泜河。一千八百年后，这条河还为我们贡献了一个成语“背水一战”。韩信率领汉军在泜河边摆出背水阵，一战成名，斩杀了成安君陈馀，生擒了赵王歇。

昭明在砥石住了一段时间，又搬回了原处。昭明的儿子是相土，相土又率族向南迁徙，这回走得够远，来到了一个土地平阔的地方，住了下来。这个地方的名字一直流传到今天，这就是商丘。

直到今天，河南商丘人还认为这里是商族的发祥地。这是实至名归的，完全称得上。

传说相土是个大发明家，他驯化了马来拉车[2]。但对《封神演义》来讲，相土的意义可不得了。因为《封神演义》的作者借他的由头，创造了一个教派：截教。

《诗经 · 商颂》里有一首诗叫《长发》，讲商族开创的历史：

> 濬哲维商，长发其祥。洪水芒芒，禹敷下土方。外大国是疆，幅陨既长。有娀方将，帝立子生商。
>
> 玄王桓拨，受小国是达，受大国是达。率履不越，遂视既发。相土烈烈，海外有截。

1　丁山，《商周史料考证》，中华书局，1988 年。
2　《荀子》注引《世本》，“相土作乘马”。

“长发”是源远流长的意思，不是长长的头发（繁体字写成“發”，而不是“髪”）。这首诗从上古大洪水讲起：大禹治水，国土幅员（“陨”通“员”）辽阔。有娀氏生契。契威武英明（即“桓拨”），无论小国大国，都治理得很好，遵循礼制，视察执行。然后就到了孙子相土。

“相土烈烈，海外有截”，意思是“相土威名赫赫，四海诸侯整齐截一”，齐刷刷地来朝见[1]。截是齐的意思。

这句诗古人很熟悉，就经常把“有截”两个字单拎出来，代指天下九州。例如：

> 居然有截之区，同此无疆之颂。（宋周必大《冬至节贺表》）

> 五百里采，五百里卫，外包有截之区；八千岁春，八千岁秋，上祝无疆之寿。（宋洪迈《容斋随笔》引祝皇帝语）

从《诗经》里取“有截”两个字表示天下，似乎挺生硬的，但这是古人的习惯。《诗经》里还有一句“友于兄弟”，古人就单取“友于”两个字指兄弟。《左传》里有一首诗“凤皇于飞，和鸣锵锵”，“于飞”就是飞翔的意思，整句话的意思是夫妻生活和谐。但古人经常把“于飞”单拎出来，这个词渐渐又有了“男欢女爱”的意思。

1　也有人认为当时商族的影响力远没有那么大，这个“海外”指的是位于今天山东的古湖泊雷泽和巨野泽（后为梁山泊）。见田昌五《中华文化起源志》。

道教经书也经常用“有截”来指天下。例如：

愿阐威灵临有截，下方魔鬼悉消除。（《北极真武佑圣真君礼文》）

《封神演义》的作者就取了这个“海外有截”的字面意思，故意理解为“海外有个截教”。而用“威灵”去临制、压服它的，正是“阐扬正教”之“阐”[1]。所以，你看截教的教主住在蓬莱岛，其他截教人物也多住在九龙岛、金鳌岛之类，都是“海外”。

相土找到商丘之后，商族安定了很长时间。相土的儿子叫昌若，昌若的儿子叫曹圉，曹圉的继任叫冥。这时候是夏朝在统治，冥做了夏朝的水官，勤勤恳恳，最后也因为工作原因落水而死，光荣殉职。

冥死后，被民间奉为水神。到了唐代，又成了船舶的保护神。开船之前，要用肉祭祀船神“孟公”“孟姥”，或者叫“冥父”“冥姥”，应该就是冥和他的夫人。孟和冥发音相近。有功之人死而封神，这个传统从四千年前开始，通过《封神演义》一直延续到今天。

冥的儿子叫王亥。王亥也是个发明家，据说他把牛驯化了来拉车（王亥服牛）。利用牛马畜力，这可是生产力的大进步。这个意义，相当于今天汽车的发明。

王亥还是个经济学家，他发明牛车之后，第一个想到的，竟然不是乘坐起来舒服，而是货物流通起来更方便了！

1　李亦辉，《玄帝收魔故事与封神演义》，载于《首都师范大学学报（社会科学版）》2012 年第 2 期。

这绝对是个更伟大的想法。于是他赶着牛车，到处做买卖。他大概是射手座的，性格自由奔放，身为一族首领也到处乱跑。可他坏事也就坏在这个自由奔放上。

有一天，他赶着牛车到有易国做买卖。有易国在今天河北的易县、涞水一带，燕太子丹在易水送别荆轲，就在这一带。哪知道，王亥竟然和有易国国君绵臣的女儿“自由奔放”地勾搭上了。易水壮士可不好惹，绵臣大怒，抢了王亥的货物，把他大卸八块。

王亥的儿子上甲微知道了，勃然大怒。但当时商族的实力还很弱，他就跑到河伯[1]那里去借兵，灭了有易国，杀了绵臣。

上甲微的儿子叫报乙，报乙的儿子叫报丙，报丙的儿子叫报丁。报丁的儿子叫主壬，主壬的儿子叫主癸。主癸的儿子……是不是该到纣王了？

早着呢，这一段叫“先商”，这时的商族还生活在夏朝人的统治下，真正的商朝还没开始呢！

主癸的儿子叫汤。就是韦小宝常说的“陛下鸟生鱼汤”的汤，和尧、舜、禹齐名。当时夏朝的君主是最后一个帝王夏桀。商汤经营了十几年，连续征服了十一个小国，觉得有本事和夏一决高低了，就起兵伐桀。夏朝灭亡，这才算商朝正式开始。

有趣的是，商汤灭夏，和武王灭商有很多相似的地方：纣王残暴，夏桀也残暴。纣王宠幸美人妲己，夏桀也宠幸美人妹

1 应该是黄河边上实力很强的一个部落，崇拜河神。

喜[1]。后人管妲己叫亡国祸水，管妺喜也叫亡国祸水。纣王杀了忠臣比干，夏桀杀了忠臣关龙逄。打败纣王的是周武王；而商汤打败夏桀后很得意，说“吾甚武”，也自号武王。

甚至周武王有个神仙一样的谋臣姜子牙，商汤也有一个神仙一样的谋士伊尹。姜子牙出身贫贱，伊尹也出身贫贱。姜子牙假装成渔翁，接近文王；伊尹假装成厨子，接近商汤。文王拜望了姜子牙好几回，商汤也拜访了伊尹好几回。姜子牙的兵法叫《六韬》，伊尹的学说叫《九主》。后文我们还会提到，姜子牙做了许多间谍工作，伊尹也做了许多间谍工作……

到底是巧合，还是历史本来就会重演呢？

其实我们会发现，越是久远的历史，相似的剧情就越多；越是离我们近的历史，越是五花八门什么事都有。例如元、明、清三朝的灭亡，就完全不相同。

这其实说明了一件事：在历史的流传中，总会掺入个人的想象。越久远的历史，回忆起来可靠的材料就越少，“脑补”的也就越多。“脑补”就是编故事。但是，人类的心理，无论在古今中外，大体上是一样的。所以，虽然人在天南海北，编出的故事剧情却都差不多。就像每个民族都能编出差不多的感生神话一样，他们之间并不一定事先交流过。甚至有时候，人们就是为了讲故事而讲故事。但故事总要有主人公啊。得嘞，就姜子牙吧，就伊尹吧。我们都知道纣王的一大罪状是“酒池肉林”，可《韩诗外传》中明明说：“桀为酒池，可以运舟，

---

1 妺（mò），不是姊妹的“妹”。

糟丘足以望十里，一鼓而牛饮者三千人。”

罪状到底是谁的呢？还是他俩都玩过呢？答案是：谁玩过不重要，讲这个故事最重要，大家喜欢看才重要。

从这个角度来说，商周历史的某些地方和《封神演义》有着共同的气质。

商汤虽然建立了商王朝，却不是像后代那样大一统的国家，而是小国林立，周边还有各种各样的部落，商王的影响力并不能无远弗届。而且，商王自己的生活也不稳定。从契到商汤大概经历了400多年，其间商族迁徙了八次。商汤建立商朝之后，国都又搬迁了五次，史称“前八后五”[1]，基本上在河南北部、山东西部、河北南部这个圈子内溜达来溜达去。

商人居无定所，除了当时的自然环境固然恶劣[2]，而周边的势力或敌或友，也不稳定[3]。这正是早期政权的特点。第十一任商王仲丁迁国都到隞（今郑州北部），第十三任商王河亶甲又迁都到相（今河南内黄），第十四任商王祖乙迁都到邢（今河北邢台），第十八任商王南庚迁都于奄（今山东曲阜）。《史记·殷本纪》说：“自中丁（即仲丁）以来，废嫡而更立诸弟子，弟子或争相代立，比九世乱，于是诸侯莫朝。”商王朝连续发生内乱，失去了对各方国的控制力。搬一次家等于失一次火。商朝中衰的这段时间，也正是这几辈商王搬家搬得热闹的时候。

---

1 张衡《二京赋》。

2 如顾颉刚的水患说，傅筑夫的“游牧”和“农业不发达，所以要经常改换耕地”之说。

3 邹衡认为经常迁都是出于战争考虑，见《夏商周考古学论文集》。

商朝终于熬到了第二十任商王盘庚。他的态度很明确，曲阜这里没法待了，还要搬家。许多大臣很难走出舒适区，一致反对。盘庚就发表了一篇重要讲话，摆事实，讲道理。这篇讲话，也被后人叫作《盘庚》。盘庚把商都迁到殷（今河南安阳），从此定居了下来，八代十二王共 273 年间再也没迁都。也是这时候才有了“殷商”的名字。

这个决策是极其伟大的。明代不过延续了 276 年，唐代不过延续了 289 年，而盘庚虽然不是开国之君，却是殷商的开辟者，为殷商带来了两百多年的繁荣稳定[1]。

这才是个像样的“王朝”。天子到处瞎溜达是不像话的。此后直到纣王，虽然身死国灭，但经济、军事、人口都没有动摇根本。

商王朝和我们现代国家并不一样。现代国家有明确的边境线，画地图的时候，可以把一个国家的国土直接涂上颜色。但如果按这种思路去涂商王朝的地图，是没法涂色的。或者说，涂出来的是一个中央深、四周浅的渐变色。因为商王朝对各地的控制力是不一样的，离殷都越近的控制力越强，越远的控制力越弱。

最核心的地区，也就是殷都，在今天的安阳，当时叫“大邑商”。当时的人说“商”，有时候指这个政权，有时候也仅指这个地方。殷都的外围，就叫“王畿”。

1　一般认为，盘庚、小辛、小乙三代商王定居在洹水北岸，即 1999 年发现的洹北商城。武丁以后，搬到洹水南岸。

商王对王畿的控制力也很强，设有军事据点、屯田据点。王畿的范围大概相当于今天东到河南柘城、商丘以西和濮阳以东一线，南到淮阳、鲁山一线，西到孟津和太行山以东，北到河北邢台、内丘附近，面积差不多有半个河南省大。这是商王真正能控制的范围（这只是势力所及的大致边界，并没有明确的边境线）。

王畿之外，就是各种各样的方国和部落了，叫“诸侯四土”。商王想在这里办什么事，就得与他们商量着来了。有的方国是站在自己一边的，叫“与国”。有的方国时叛时服，看心情。有的则干脆硬撕到底，这就是敌国。

商的敌国，主要是东面的东夷族（人方），北面的土方、鬼方（一说即后来的匈奴），西面的𢀛方、羌方（以及后来的周），南面的卢、庸等小国。商王就不停地打这个、打那个。

甚至王畿西边还有个小国，居然也叫“商”（现在已经不知其地理位置在哪里了）。而且这个商和那个商居然是敌国！甲骨文里不断出现商王派兵去伐“商”，看上去有一种强烈的“精分”感[1]。

王畿以外的小国国君（或方伯）也有自己称王的。例如有个小国叫“㳄国”，国君也称王，商朝方面管他们叫“㳄王”。武丁时期，㳄王向商王称臣，还进贡过龟甲和御史[2]。商王似乎也睁一只眼闭一只眼，很“佛系”。

---

1 《甲骨文合集》（以下简称《合集》）33065/4，33066/4，33067/4；《小屯南地甲骨》（以下简称《屯南》）2907/4。

2 《合集》9375/1。

从遥远的玄鸟神话到末代商王纣，前后已经有一千年的时间。如果你对这个时间范围没什么感觉，可以想想从北宋到今天的距离。所以，纣王看他的老祖宗契，就像今天我们看宋仁宗一样。天命玄鸟，降而生商，对我们来说固然陌生，而对纣王来讲，也未必多么放在心上了。然而，纣王不知道的是，当年几乎在玄鸟生商的同时，另一个神话也在西方的土地上悄悄流传开来。

而这个神话，终将成为他的噩梦。

第二章 西土先民

约始于公元前20世纪

这一章，仍然要从神话开始。

传说中的上古帝王帝喾，《史记》等秦汉古书中说他有四位妃子，长妃姜嫄，次妃简狄，三妃庆都，四妃常仪。

上一章说过，有一天简狄出门，回来说她在河里洗澡，天上飞过一只燕子，落下一颗蛋，她把蛋吃了，就怀了孕，后来生了一个男孩，帝喾很高兴。这就是商朝的始祖契。

后来，庆都出门，也去河边游玩，回来说有一条赤龙从天上飞下来，缠在她的身上，然后她就怀了孕，后来生了一个男孩，帝喾很高兴。这就是著名的尧[1]。

又后来，姜嫄出门，回来说她在野外看到一个巨人的脚印，因为好奇，就上去踩了一脚，谁知就觉得一股暖流布满全身，

1 《初学记》引汉代纬书《诗含神雾》："庆都与赤龙合婚，生赤帝伊祁，尧也。"《成阳灵台碑》："昔者庆都……游观河滨，感赤龙交，始生尧。"

于是也怀孕了，后来也生了一个男孩。

然而这次剧情不一样了，不知道是不是帝喾明白了什么，反正这孩子被拎出去扔了！

这个孩子因为一出生就被扔掉，所以名字叫“弃”，后来他成了周族的始祖。

有了上一章的经验，你应该知道，帝喾几次三番地被“绿”，全都是司马迁这样的老先生的功劳。他又把两套故事捏到一起了！

帝喾的几个妃子分别生下了伟大的人物，这是父权影响下的逻辑；因鸟卵、赤龙、巨人脚印而生娃，这是母系社会的逻辑。这两套故事分别开来流行没有任何问题，但没法组合到一起。强捏的话，就会发现这些事架不住琢磨，更架不住连起来想。

所以，姜嫄踩了巨人（或天帝）的脚印生了孩子，和吞燕卵生契、交赤龙生尧一样，都是“感生神话”，这里面没有帝喾半点事。

我们不知道弃的父亲是谁，也无须知道。在这种神话的逻辑里，孩子的父亲就是“上天”。在母系社会里，孩子的生父是谁是不重要的（“上天”和随机产生的“路人甲”是同义语）。只是到了后来，父权取代了母权，史家们觉得这些伟大人物没有个父亲不像话，才拼命地给他们找爸爸。这个爸爸当然是越高贵越好。于是，尧、弃、契的爸爸，就找到了帝喾身上。

当然，上一章说过，帝喾是由天神“帝俊”变来的。如果尧、弃、契的父亲是“上天”的话，由帝喾来当这个父亲自然是最合适的。

而且，契和弃分别是商族和周族传说中的始祖，他俩之间本来没什么关系。在上古时代，中国大地上分布着许许多多的部族（后来就形成了各个诸侯国），他们各自崇拜各自的祖先，并没有一个公认的始祖[1]，更不能说他们的始祖都是兄弟关系。但是战国、秦汉之后，大一统的思想逐渐兴盛，从最西边的秦到最东边的齐，从最北边的燕到最南边的楚，对此都产生了一致的文化认同。所以就出现了一批学者，他们试图把不同部族的始祖编排到同一个家谱里去，说他们都是某个上古帝王的后代。

不必觉得这件事很无聊，这在文化史上可以称得上是一件极伟大的事业，因为它奠定了我们中华民族的心理基础。从此之后，中国虽然还是经历了无数分分合合，但几乎所有的时代，大部分中国人的心愿都是国家“统一”，因为我们认同的是中华民族这个整体。

等等，你不是说还有一位四妃常仪吗？

是的，帝喾和常仪老老实实地生了儿子挚，还把帝位传给了他。但是这位挚实在太不争气，“为政不善”[2]，九年后就被赶下了台，他的兄弟尧即位，做了天子。

所以，都说外来的孩子聪明嘛。

---

1 顾颉刚《与钱玄同先生论古史书》。

2 《史记·五帝本纪》。

被丢掉的男孩弃的故事，并没有到此结束。

他一开始被扔在一条小巷子里，谁知道牛马经过他身边，都躲着走，小心翼翼地不去踩他。后来他又要被扔到树林里，正好赶上一群人来砍树，扔不出去。后来又被扔到河里，当时是冬天，河水结冰，就飞来了一群鸟，有的用翅膀垫在他身下，有的展开翅膀盖在他身上，他竟然没被冻死。

姜嫄大吃一惊，觉得这孩子真是天神下凡了，就把他抱回来养大。因为出生之后被抛弃，所以取名“弃”。弃长大后，擅长种植五谷，选择耕地，引水浇田，成为有部氏的首领（《史记》中说尧任命他为农师，把姜嫄的部封给了他）。后来，弃因勤于农事，不幸在山里遇难[1]，被后人奉为农神，号为“后稷”。

这又是一个遍及全世界各民族神话中的故事，叫作“弃子”的故事。某个特殊的孩子，因为某种原因不能留下，要把他抛弃掉，扔到水里或者郊外，但他经历了一番奇遇后居然活了下来，最后建功立业，成了伟大的人物。这种故事在全世界都有。

《圣经》里著名的先知摩西就是一个例子。摩西是犹太人，但是出生在埃及。埃及法老下令杀死所有的犹太男婴，摩西的妈妈就把他藏起来。后来藏不住了，就把他装在一个蒲草箱里，在外面抹上石漆和石油，放到水里漂走。最后，摩西被一位公主所救。他长大后，带领族人离开埃及，建立了不朽的功勋。“摩西”的字面意思就是“从水里拉上来”。

1 《国语·鲁语》：“稷勤百谷而山死。”

在中国东北，还流传着扶余国王东明的故事。橐离国王有一个丫鬟突然怀了孕，国王怀疑她和人私通，就要杀她。丫鬟说："没有私通。那天从天上掉下一团气，掉在我身上，就怀孕了。"后来，丫鬟生了一个男孩，国王把他扔到猪圈里，猪用嘴对着他吹哈气，暖他的身体，他没有死。国王又把他扔到马厩里，想让马把他踩死。谁知道马也朝他吹哈气，他也没死。国王觉得十分神奇，就把他养了起来，取名东明，叫他放牧牛马。

东明从小善于射箭，国王怕他抢夺王位，就要杀他。东明闻讯逃跑，国王派兵紧追。谁知遇到一条大河，东明就用弓击打水面，水里的鱼鳖立即浮了上来，给他搭成一座浮桥，渡他到了对岸。东明在对岸建立了一个国家，这就是扶余国。

这个故事还曾发生在高句丽国始祖朱蒙的身上，大概意思差不多，就不讲了。

甚至唐僧的故事也与此类似。唐僧的父亲陈光蕊在赴任途中被水贼刘洪杀死，母亲殷小姐被刘洪霸占。殷小姐因为身怀有孕，只好屈从，后来生下了一个男孩。殷小姐怕刘洪害他，就把男孩捆在一块木板上，顺江漂走了。这就是后来的唐僧。因为他是从江上漂来的，所以又叫"江流儿"。这个名字和摩西、弃的命名方式是一样的。

后稷的出生故事里还有一件神奇的事：他生下来时是个肉球，把肉球剖开，他才得以诞生[1]。这个故事我们太熟悉了！

1　写后稷诞生故事的《诗经·生民》说他"先生如达"，"达"通"羍"，本意是刚出生的小羊，按神话学大家袁珂的解释，是羊胞胎的意思。这句话意思是后稷出生时，像羊胞胎一样是一团肉球。

因为在《封神演义》里，哪吒生下来就是一团肉球。

其实这个肉球故事本来不是某个人的专利，在更早期的殷郊的故事里（不是在《封神演义》中），也有肉球诞生的说法。

> 帅者，纣王之子也，母皇后姜氏。一日，后游宫园，见地巨人足迹。后以足践之而孕，降生帅也。肉球包裹，其时生下，被王宠爱妃名妲己冒奏王曰："正宫产怪。"王命弃之狭巷，牛马见而不敢践其体。王又命投之于郊，乌鸦蔽日，白鹿供乳。适金鼎化身申真人经过，但见祥云霭霭，紫气腾腾，毫光四起，真人近而视之，乃一肉球，曰："此仙胎也。"将剑剖球，得一婴儿，即抱归水帘洞，求乳母贺仙姑哺而育之，法名金叮呶，正名唫哪吒，又缘其弃郊之故，而乳名殷郊。（《三教源流搜神大全》）

这段故事和后稷的出生过程也十分相似。他名叫"郊"是因为被扔到郊外，也和后稷名叫"弃"是同样的道理。

甚至好多历史人物也有这样的传说。《五代史平话》中的黄巢、《两汉开国中兴传志》里的汉文帝刘恒，都是从肉球里出生的。凡是从肉球里出生的人，一定会在故事里经历许多磨难，最后成为英雄。

神话归神话，我们还是回到真实历史上周部族的来历上来。

关于周人的起源说法很多，到现在也没有争论出一个公认的答案来。根据钱穆、杨宽等人的看法，早期的周族大概生活在今天的山西南部。今天的山西运城有一个稷山县，县里还有一座"稷王山"，据说就是后稷播种百谷之处。稷山县至今仍有祭祀后稷的民俗。远古的部族是经常迁徙的，后来周族渡过黄河西迁，来到了今天的陕西泾河、渭河流域。

当然还有别的说法。例如有人说，周族起源于陕西武功或甘肃庆阳。还有人说，周族是从中亚甚至更遥远的西方来的。理由呢，是因为《山海经》说后稷墓在“都广之野”，这座墓“去中国三万里也”[1]。这可太神奇了，难道后稷不是中国人?

其实这也不奇怪，至少可以这样说，就算周族不是从境外来的，他们也是世世代代住在中国西部，肯定和西方民族有过交流，保留了一些来自遥远西方的故事和记忆。至少，周族和西方羌族的关系，就非同一般。

“羌”是善于牧羊的部族，所以这个字是一个人头顶一个羊头。“羌”还有一个写法是“姜”，是一个女子头顶一个羊头，其实意思都一样。周族和姜族是世代通婚的，建立了稳固的婚姻关系，史称“姬姜联盟”。

姬姜联盟最早当然可以追溯到后稷的母亲姜嫄(或姜原)，这个名字应该来自后代的追封，因为“原”是开始的意思。姜嫄虽然是姜族女子，但在周族的地位极其崇高，地位和始祖后稷相同，相当于创造这个民族的女神。

而且，姜嫄是有邰氏之女，后稷又被大舜封在了邰，这说明并不是姜嫄嫁到了姬族后生了后稷，而是后稷一直在他姥姥家生活。这似乎是母系社会和父系社会交替时的情况。

1 《史记集解》引皇甫谧语，见岑仲勉《两周文史论丛·汉族一部分西来之初步考证》。

姬、姜两族一直在同一地域生活，相互通婚长达一千多年。后来周族经过多次迁徙，姜族也开枝散叶，遍布东西，但这个联盟一直没有破裂。直到古公亶父的妻子、文王的奶奶太姜，仍然是姜族之女[1]。

《封神演义》的一号人物，辅佐文王、武王成就帝业的姜子牙也是姜族人物。今天流传的姜子牙故事，无论是在正史还是在《封神演义》中，都给人一种逆袭的感觉——前期百般不顺，然后钓鱼碰上周文王，这才发迹。怎么想都感觉这剧情太像好莱坞大片了。

其实，要是从姬姜联盟的角度来看，姜子牙与周人很可能早就互相熟悉，文王对姜子牙也早有耳闻。他聘任姜子牙，一方面当然是因为看中了他的能力，另一方面也应该是因为对姜族人物知根知底。否则，以文王的聪明，怎么可能碰上一个陌生老头，随便聊两句，就敢“同载而归”，官封要职？

姜子牙和周王族的关系并不止于此。姜子牙有个女儿名叫邑姜[2]，长大后嫁了一个男人。这个人后来率领大军，在牧野一战灭掉了大商……

所以，姜子牙是文王的亲家公、武王的老丈人。姜子牙辅佐武王，未必是我们想象的忠臣佐明主模式，而是亲家公死了之后，老丈人帮姑爷创业。人家打天下，不是为老板打的，而是为闺女打的，那能不卖力吗？

---

1 朱凤瀚《商周家族形态研究》。

2 《史记集解》引服虔注：“邑姜，武王后，齐太公女也。”邑姜显然不是私名，这里仅为行文方便。

顺便说一句，太姜的娘家逄国所在之地在今天的山东，后来又封给了姜子牙[1]。

姬姜联盟一直延续到了西周。西周十一代十二王，每隔一代就有一位姓姜的王后。

姜子牙的事后面还要讲，现在仍然回到后稷。

后稷的儿子叫不窋。史书说不窋“在戎狄间”，说明这时的周族和戎、狄杂居在一起。不窋的儿子叫鞠，鞠的儿子叫公刘。公刘做的最有名的事，就是带着周族迁徙到豳。《诗经》里有一篇《公刘》，就是专门讲这件事的。

公刘率领族人，把粮食装好，带着武器，来到了一片肥沃的平原。这片平原草木茂盛，十分适合耕种，于是被定为国都，精心设计，大兴土木，建成之后，人民安居乐业。

公刘定居的这个豳，一般认为就在今天的陕西彬州。“彬”原来写成“豳”，后来改成“邠”。但这两个字都很难认，所以新中国成立后改成了“彬”。这里至今还有公刘的陵墓。

《诗经·公刘》说公刘在这里“于京斯依”，也就是依靠“京”建立了都城。“京”是个象形字，样子是一座高丘上面的高大建筑。这种高地上一般会驻扎军队，军队叫“师”，所以“京师”连起来，就指一国的首都，这个词是从公刘这儿来的。

1　宋镇豪主编，《商代史》第十卷《商代地理与方国》，428—429 页，中国社会科学出版社，2010 年。

公刘还为我们贡献了一个成语——“人才济济”。《诗经·公刘》说他定居之后，来朝拜的人才越来越多，“跄跄济济”，意思是他身边的人威严整齐，济济一堂。

公刘的儿子叫庆节，庆节的儿子叫皇仆，皇仆的儿子叫差弗，差弗的儿子叫毁隃，毁隃的儿子叫公非，公非的儿子叫高圉，高圉的儿子叫亚圉，亚圉的儿子叫公叔祖类，公叔祖类的儿子……

有了上一章的经验，是不是觉得离周文王还早呢？

这回还真不是，公叔祖类的儿子就是文王的爷爷，叫古公亶父。

咦，这就怪了：商朝那边，从始祖契到末代商王纣，中间有四十多个首领或君王。怎么周朝这边，从始祖开始数到十几个，就到了文王、武王这两辈？难道周族的人普遍活得更久吗？

不错，这还真是个问题。关于这一点有两种说法。

一种说法是，这十几个周王是没问题的，但不窋的父亲后稷并不是那个出生后被扔掉的后稷弃。因为后稷已经成了周族首领的称号，同时也成了周族崇拜的神，所以只要是周族的首领，就可以叫后稷。不窋的父亲是最后一任后稷。他生活的年代，大概已经是商代中期了。

另一种说法是，从后稷到公刘，中间并非隔了三辈人，而是有许多辈。只是周族是个小族，祖上没有人家商族阔气，甚至连文字都没有，所以没有保存下来足够的史料。在古公亶父的时代，周族还是相当落后的，《诗经·绵》说：“古公亶父，陶复陶穴，未有家室。”陶复陶穴就是掏洞穴居的意思，在地面上挖的洞叫“穴”，然后在地穴上加一个顶子，叫“复”[1]，这就是周族先民的住宅。

总之，直到古公亶父的时代，周对商都是仰望和羡慕的。在商代出土的甲骨文里，有许多关于“璞周”的记录。璞在这里的意思类似于“扑”，也就是攻打、讨伐、狂虐。而周国主要为商王进贡巫师、美女[2]。周人自称“小邦周”，而称商都为“大邑商”。

甚至“周”这个名字，可能都是商王赐予的[3]。甲骨文里有“命周侯”和“册周方伯”这样的文字[4]。周人祭祀时，还要供奉商王的列祖列宗。不管是真情实感，还是虚应故事，已故的商王都是被周人当作神灵崇拜的。

古公亶父（或“公亶父”）又称“大王”。大王就是太王，是文王称王后追封的。当时北方的犬戎不停地侵扰周族，古公亶父只好带领周族又一次迁徙，从豳迁徙到了渭水边的岐山。

岐山这个名字一直保留到了今天。今天陕西省岐山县凤雏村南的建筑遗址，一般被认为是周王的宫殿所在地，同时也是《封神演义》里西岐城的原型。

1　一说侧面掏的叫“复”（类似今天陕北的窑洞）。

2　甲骨文叫“以嫀”，即贡献秦地的女子。

3　杨宽《西周史》第二章第三节。

4　许倬云《西周史》第二章第七节。

这次迁徙还为我们贡献了一部伟大著作的书名。因为《诗经 · 绵》说“古公亶父，来朝走马，率西水浒，至于岐下”，意思是古公亶父驾着马儿，沿着渭河的水边，来到了岐山之下。“浒”就是水边的意思，这里的“水”当然是指渭河。

两千多年后，据说又有一批人在山东梁山泊的水边聚义。于是有个叫施耐庵的人动笔写下了这些人的故事，并且借这句诗给自己的书起了名字，这就是《水浒传》。

犬戎的入侵既是坏事，也是好事。因为这时候商王的力量已经不足以控制这么远的地方，古公亶父完全可以借助和犬戎的斗争，发展壮大自己的力量。

古公亶父望着遥远的东方，想道：“难道我们周族，就不能占领那片繁华富饶的土地吗？”

不知他身边哪位有心的侍卫记录下了这个想法。于是，在《诗经 · 鲁颂 · 閟宫》中，我们看到了这么一句：

后稷之孙，实维大王，居岐之阳，实始翦商。

翦，就是斩断、除去的意思。古公亶父带领大家还在土里掏洞，心里想的却是翦商的壮志。不得不说，这就是帝王气象。

当然，这个宏图伟略的实现足足用了三代人的时光。

第三章　文王称霸

约前1100—前1050年

《封神演义》里的文王，简直像个圣人一样，言行举止一点儿毛病都挑不出来。

伯邑考惨死，文王被囚禁，好容易跑回来，散宜生、南宫适劝文王伐纣。文王说了一堆大道理，关键的金句是：君叫臣死，不敢不死；父叫子亡，不敢不亡。

崇侯虎残虐无道（当然是《封神演义》说的），姜子牙劝文王讨伐。文王推三阻四。姜子牙说："倘天子改恶从善，而效法尧舜之主，大王此功，万年不朽矣。"文王一听，这么干就能把纣王变成尧舜，就"顺天应人"御驾亲征了。

直到破了城，捉拿了崇侯虎，文王还"不忍加诛"。姜子牙怕文王心善，急忙下令把崇侯虎父子推出去斩了，来献中军。文王从来没见过人的脑袋（砍下来的），猛见献上来，吓得魂不附体，忙将袍袖掩面，"吓杀孤家了！吓杀孤家了！"姜子牙一脸黑线，"那就拿出去吧，将首级号令辕门！"

这都不是圣人了，简直是唐僧啊。真假美猴王那一回，孙悟空也干过这事，砍下强盗脑袋提给唐僧看，唐僧也吓得一溜跟头。

文王被人头吓病了，临死的遗嘱也极其迷惑。他对武王千叮咛万嘱咐："千万要恪守臣节，不要听信他人之言，以下犯上，以臣弑君……"

然后，文王就叫武王拜灭商的天选之子姜子牙当了"亚父"（仅次于父亲的尊称）……

其实，这都是明代小说对"仁德之主"的想象。仁德之主要保持道德的高尚，不能被人挑出毛病。如果必须要做不那么仁德的事，身边自然有姜子牙、诸葛亮、孙悟空这样的"白手套"。

但是，真正的帝王并不是这样的。想知道历史上的文王是什么样的人，就要知道他的父亲是什么样的人。

文王的父亲就是古公亶父的儿子，名叫季历。根据《史记》等史书记载，古公亶父有三个儿子，老大泰伯，老二仲雍，老三季历。古公亶父打算翦商，泰伯和仲雍不同意，但又不愿意和父亲公开唱反调，就逃走了，把位置让给了三弟季历。

这件事的真实情况是怎样的，现在已经不好说了。《史记》说泰伯逃到了南方，建立了吴国。也有人说，这实际上是周族为经营江南走的一步棋，叫泰伯去开辟南方的疆土，只是后来伐商的时候没用上。还有人说，这个吴国其实不是后来的吴国，而是虞国，就在周的旁边[1]。

1　见第十章《分封列国》。

不管如何，季历肯定是执行翦商祖训的最佳继承人。古公亶父去世后的第三年（商王武乙晚期，约在商亡前七八十年），季历就爆发了。他拿来练手的第一个方国，就是程国。

程国在今天陕西咸阳附近。看看地图就知道，这个地方必须拿下来。因为它正好在狭窄的关中平原正中间，是通向中原的必经之路。

打下程国的第六年，季历觉得周边的势力也得修理修理，于是又发兵北上，攻打北戎的一支——义渠。义渠族主要在今天甘肃东部和陕西西部一带活动。季历瞅的这个机会很好，正赶上义渠族中内乱，老王病重，两个儿子正在争权。季历来了个渔翁得利，掏了义渠族的老巢，那个病老头子也被季历抓回了西岐。

然而义渠族非常强悍，残存的族人逃走后，换个地方继续繁衍生息，没多久竟然恢复了势力。周朝建立后，义渠表示臣服。到了西周末年，义渠一看周天子失了势，居然宣布建国，这就是义渠国。后来和义渠国过招的，就是占据关中的秦国了。

义渠一直是秦国的心腹大患，最后秦国灭掉它，靠的还是女人。

公元前306年，秦昭王即位，因年纪还小，由母亲宣太后摄政。但是，义渠在后方虎视眈眈，怎么办呢?

宣太后说：我自有妙计。

宣太后的妙计，竟然是把义渠王请来，和她同居。

奇葩的计策要碰上奇葩的人，才能起到奇葩的效果。义渠王竟然真的来了！不但来了，还和宣太后生了两个儿子。

这一过就是三十多年，义渠王觉得两家已经是好亲戚了。哪知道有一天，他舒舒服服地又来秦国度假，毫无防备地走进了他熟悉的甘泉宫，才发现等待他的不是心上的女人，而是一口吹毛利刃……

男人是一种易耗品。宣太后杀了义渠王，又发兵攻打义渠国，这才把这个心腹大患彻底灭掉。

宣太后没有留下本名，后来有本小说给她起了名字，叫芈月。

当然，这些后代的八卦，季历不会知道，他只关心眼前的敌友。

下一步该打谁呢?

他把目光投向了太行山。如果把商朝比作一个面朝大海的巨人，那么绵延千里的巍巍太行就是它的脊柱。

现在它的脊背上有几个不大不小的脓疮,分别是燕京之戎、翳徒之戎、余无之戎、始呼之戎、西落鬼戎。

这些都是北方的戎族,在今天太行山以西的山西境内活动。商王不堪其扰，又没有力量出兵扫平。

这不是绝好的出兵由头吗?陛下您安心坐着,我替你去打。

商王武乙当然同意。于是，武乙三十五年，季历伐西落鬼戎。

文丁二年，季历伐燕京之戎。

文丁四年，季历伐余无之戎。

文丁七年，季历伐始呼之戎。

文丁十一年，季历伐翳徒之戎。

这几仗，除了伐燕京之戎费了点周折，其余的都是一战告捷。

扫平了这些“戎”，周人就像武侠小说里的大侠，把一只手掌按在了商朝的后心之上，只消内力一吐，对方必然筋脉震断、五脏碎裂而死（史家叫“拊商之背”——轻轻摸着商王的后背，寻找一个致命的下手位置，这是一个令人毛骨悚然的表述，类似《赤裸特工》里的作案手法）。

等一下，好像商朝那边换领导了?

不错，上一任商王武乙已经去世，即位的是文丁。文丁看着季历替他东挡西杀，南征北战，嘴上好好好，却心知肚明。因为他老爹死得不明不白。

史书记载，季历扫平西落鬼戎后，武乙大加赏赐，还亲来黄河和渭河之间打猎（应该是来犒赏周人，或者窥探周人虚实）。

哪知道，这一来就没有回去。史书记载了他奇怪的死因：天上落下一个雷，把他劈死了!

按照当时的说法，肯定是武乙得罪了上天。然而，黄河和渭河之间，可是周人的地盘啊！武乙死在这样一个敏感的地方，又是这样一种奇怪的死法，不让别人怀疑都难。

商周之间的关系，越来越微妙。

文丁即位后，季历觉得新王对自己很倚重，今天任命他为“牧师”（一方诸侯之长，不是基督教的牧师）[1]，明天赐一方美玉，后天赐一坛御酒[2]，又任命他为“西长”（即西伯，《封神演义》中所谓的“西伯侯”）[3]，听凭他“勤于王室”。

于是季历放下心来东征西讨，扩大自己的地盘。

忽然有一天，季历接到王命：另有加封，速速入朝。季历没有怀疑，就去了。

这一去，就再也没有回来。文丁把他关了起来，不久就把季历杀了[4]。

季历死后，周人举国震动，一时间群龙无首。季历的儿子临危即位，这就是文王。据说他即位时，“有凤集（落下）于岐山”，是一个好兆头。

新君即位，往往有一段时间的混乱期。文王根基不稳，不敢轻动。等了两年，机会来了，商王文丁去世，儿子帝乙即位。这回轮到商朝那边根基不稳了。

---

1 《后汉书·西羌传》注引《古本竹书纪年》。

2 《竹书纪年》：“王嘉季历之功，锡之圭瓒、秬鬯（一种香酒）。”

3 《帝王世纪》：“王季于帝乙殷王之时，赐九命为西长。”

4 《吕氏春秋》说他是“困而死”，也可能是死于牢中或软禁之地。

当取不取，过后莫悔！帝乙二年，文王小伙做出了一个大胆的决定：伐商！

您没看错，武王伐商之前，文王已经伐过一遍了[1]。

这算是牧野之战的预演。然而可惜的是，史家没有给我们留下太多的记载。我们只知道，在少年文王的率领下，周军同仇敌忾，怀抱国恨家仇，浩浩荡荡地开拔了。

然后又丢盔弃甲地回来了。

想都不用想，这次伐商以周军大败亏输而告终。不然，就没有《封神演义》这部书了。

大商还是太强了，小昌还是太嫩了。

文王受了挫折，痛定思痛，觉得还是要延续父亲的策略，忍辱负重，包围蚕食，孤立对手，建立最广泛的统一战线。

好在帝乙没坐几年江山，也驾崩了。这回即位的，就是他的儿子纣。

纣即位之初，政治也不是很稳定，所以他重用了一批方伯，其中就包括九侯（即鬼侯，后来被剁成肉酱）、邘侯，并让文王继承了父亲季历“西伯”的位置，继续做西部诸侯之长。

不是还有伐商那事？算啦算啦，天恩浩荡，翻过这篇，不提了。

---

1 《竹书纪年》：“帝乙二年，周人伐商。”

经历了社会的毒打之后，文王学会了妥协，从此兢兢业业，礼贤下士，“笃仁、敬老、慈少”，穿上劳苦人的衣服，亲自下田种地[1]，甚至连扩张地盘都消停了十来年。这些年里，他只是搂草打兔子，灭了一个翟国（在今陕西富平一带，也是东进的必经之路）。

但是，纣王也不是吃素的，你不收拾他，他就来收拾你了。

这十来年的经营，给文王增加了不少美誉度，也有不少诸侯归附。商朝不是没有明白人，许多人在纣王耳边吹风：这个西伯啊，你早晚降不住他，趁早抓起来杀了吧。

这些人里，就有纣王的股肱重臣崇侯虎，以及新晋宠臣费仲（见第五章）。

纣王也不傻，嘬着牙花子，掂量了几次。因为他这边也难：商朝的势力渐渐衰微，还得指着人家镇守西部边疆呢。这能轻易撕破脸吗？杀了西伯，谁来对付那些戎啊狄啊？

纣王权衡来权衡去，一狠心，把文王叫进朝来，随便安个罪名，关到了羑里（在今河南汤阴）。

文王在羑里据说关了七年，后来周臣闳夭、散宜生等人到处搜罗美女骏马、金银财宝、奇禽异兽（其中包括一条九尾狐，见第六章），献给纣王和他的宠臣费仲。费仲是贪财之徒，就替文王说了好话。闳夭、散宜生两张嘴可不白长，纣王也被捋

1 《尚书·无逸》：“文王卑服，即康功田功。”

顺了毛[1]。

这段时间，大概东夷族又造起反来。纣王有点扛不住，就把西伯放了出来，而且赐给他象征兵权的斧钺，“使专征伐”，文王手里有了足够的兵权。

据说文王在羑里的这段时间也没闲着，而是推演了一套“先天八卦”，这就是《周易》。这是流传已久的民间传说，而在《封神演义》里，周文王也有好几段算卦的故事，这个本领甚至连他儿子武王都没学会。

在《封神演义》里，文王给费仲、尤浑算了卦，预言他俩会死于冰冻。又算准了商朝太庙的火灾，简直是个半仙之体了。

这些故事当然很有意思，但是就长篇小说来说，有点“违和”。

因为《封神演义》本来讲的是人间展开政治斗争，神界帮忙的故事。政治是人间的事，超能力法术是神界的事。如果引入了神界的超能力，人类的超能力最好要限制一下，否则就混淆了界限。

但这也从侧面说明，《封神演义》里这些神神怪怪的东西，其实本来就是真实历史带出来的基因，只是渐渐地从真实的历史人物文王、姜子牙身上慢慢分化出去，以至于需要另一套虚构的人物来担负了。

---

1 《史记·周本纪》：“闳夭之徒患之，乃求有莘氏美女、骊戎之文马、有熊九驷、他奇怪物，因殷嬖臣费仲而献之纣。纣大悦，曰：‘此一物足以释西伯，况其多乎！’”

实际上，文王的这一段故事，来源于历史上的“三易”说。

我们今天说的《易经》、《易》和《周易》，看起来是一个概念，但其实是有一些区别的。《易》有三种，一为《连山》，二为《归藏》，三为《周易》，后人一般把这三部书（或者说三套学问、三种占卜法）和夏商周三代对应：夏朝用《连山》，商朝用《归藏》，周朝用《周易》[1]。

我们今天说的《周易》，只是其中一种而已。这很有点像金庸的《九阳真经》，本是一部无上秘籍，分别被张三丰、无色和郭襄听去三分之一，各自发展为武当九阳功、少林九阳功、峨眉九阳功，而且各自往下传授。

文王本是创业之君，为什么把他编排成算卦先生（无论是在早期传说，还是在《封神演义》中），而且把他算作《周易》发展史上的大宗师，甚至《封神演义》都编排他卦卦灵？似乎可以这样讲：文王作《易》，意味着他掌握了周族的神权。

因为占卜这种东西，虽然今天相信的人不多了，但在上古时期，那可是能决定军国命运的重要方式，基本上是人人相信的。当时属于神权政治，很多决策是要依据所谓神意的。换句话说，算卦属于意识形态的内容。谁抓住了意识形态，谁就抓住了政治的解释权甚至决策权。三种《易》，其实就是三个朝代的三套政治解释权。

1　诸家说法不一，此用郑玄说。经学家杜子春认为《连山》是伏羲的，《归藏》是黄帝的（《周易》没说）。汉代王充认为黄帝得了河图，作《连山》，传到夏朝。神农得了河图，作《归藏》，传到商朝。伏羲得了河图，作《周易》，传到周朝。

在整个商朝，占卜的权力是个香饽饽，一直被争夺着，争夺者一边是职业卜师（所谓“贞人”），一边就是商王。一开始的时候，占卜权主要掌握在贞人手里。但商王好像挺不服气，到了商朝后期，占卜的权力就被商王全面夺去了[1]。今天的政治决策，靠的是“酝酿选票”；而在神权社会里，决策靠的是占卜。投票和占卜，无非都是依据概率，只是听于人和听于神的区别，其实并没有什么本质的不同。所以当时谁掌握了占卜权，其实就相当于今天掌握了政府的决策权。

上古的帝王，一方面是世俗的统治者，另一方面也有巫师的身份。比如，商汤因为天下七年大旱，就去桑林祈祷，如果不下雨，就要自焚。这正是首领加巫师的做派。周部族似乎比商好一些，但也是要算卦的，所以《诗经 · 氓》里说“尔卜尔筮，体无咎言”，说的就是卜（类似甲骨）筮（类似《周易》）并用。《诗经 · 定之方中》也有“卜云其吉，终焉允臧”，这是用占卜决定卫国宫城的位置。

从表面上看，占卜很重要。再进一步想就知道，谁掌握占卜权更重要！即便是今天各种大型应用软件纯靠计算机运行，也必然有一个账号是有进入后台修改数据库的权限的！

另外，这种对神意解释权的争夺，还发生在商、周两个集团之间。因为文王、武王本来就不是什么善茬，像《封神演义》写的那样，是出于无奈才伐纣，那是太美化他们了。文王即位，就有“凤鸣岐山”的祥瑞，这正是给文王造的舆论。文王研发《周

1　巫称喜《商代占卜权与信息传播研究》。

易》的传说，似乎也可以归到这种造势里去。

文王获释归来的心情，可以用《三国演义》里刘备煮酒论英雄骗过曹操，巧计脱离许都时说的话来形容：

> 吾乃笼中鸟、网中鱼，此一行如鱼入大海、鸟上青霄，不受笼网之羁绊也！

啊，海阔凭鱼跃！啊，天高任鸟飞！

经过多年的隐忍，文王终于要爆发了……吗？

不！他在忙着建灵台。

《封神演义》说，文王获释回来，就立即下令，建了一座灵台，说是“观灾祥”之用。这在历史上真有其事，而且这话也没错，建灵台就是为了观天象，相当于后来的钦天监、司天台。

奇怪，明明万机待理、万民仰望，现在上马这种扯淡的工程做什么？难道文王在朝歌待久了，染上骄奢淫逸的脾气了？

并不是。灵台是随便建的吗？也不是！

在古代，灵台是有高度象征意义的。“天子有三台：灵台以观天文……诸侯卑，不得观天文，无灵台。”[1] 因为它观测的是天象，是与帝王相呼应的。所以当时只有纣王可以建灵台。谁要是私建灵台，就是明确表示要另起炉灶，抢夺对天象的解

1 《五经异义》。

释权，以及确立自己沟通天人的资格。这叫“受天命”。这样，百姓才能信你，诸侯才能服你。

那时候是韬光养晦，有所作为；现在是箭在弦上，不得不发！菜都上齐了，你要是再不开席提一杯酒，大伙儿可就都散啦。

在中国历史上，建立一个政权，哪怕是一个小王朝，只有一小块地方，只要有可能，它都要建立自己的钦天监或司天台，以表正统。明代明成祖从南京迁都北京，可是那些天文仪器还在南京，明成祖非常着急，就让人在北京城墙上观天象。你想要个啥天象都成，反正那些天文生编数据也能给你编出来，但这个环节可不能少。

灵台建成之后，文王才开始了“开挂”一般的攻略。

文王做的第一件漂亮事，就是“决虞、芮之讼”，解决了虞、芮两国的土地争端，获得了一次外交上的成功。虞、芮两国在周人东进路线的侧面，没有它们的支持，就没有安定的侧翼。

第二年，文王伐犬戎，稳定了大后方。

第三年，文王伐邘。邘在今天的河南沁阳，相当于捏住了太行山这根大脊椎的尾椎。

第四年，文王伐密须。密须在今甘肃灵台，也属于周人的后方。

第五年，文王伐耆国。耆国又叫黎国，在今天的山西上党，相当于大脊椎的腰椎。这里距纣王的“大邑商”，直线距离只有 100 公里了。

横推直扫，一泻千里！

不仅上面这些，上面只是传统史书记录的，史书之外，在出土的文物里，还发现了文王伐过许多小国。

所以说，文王根本不像《封神演义》里写的那样谦谦君子。甚至可以说，夺人之地、灭人之国，简直是他唯一的乐趣。

比如，文王联合唐国（在今山西）伐过贾国（在山西襄汾以东）。因为有座晋国墓地出土过一个玉环，上面刻着："文王卜曰：我暨唐人弘战贾人。"

又比如，文王还征伐过南方的蜀国，因为周原甲骨出土过"伐蜀"的残片。后来这个被彻底征服的蜀，成了武王伐纣最可靠的战友。

再比如，文王还打过巢国。不太清楚巢国在哪里，有人说在今天的安徽巢湖。如果这个假设成立，那文王的战斗力可不是一般地惊人。

扫清这些杂鱼小怪之后的第六年，文王的兵锋指向了商朝的最大盟国——崇。

崇国的国君就是《封神演义》里的大奸臣：北伯侯崇侯虎。崇侯虎太可恶了，若不是他在纣王面前说小话，我西伯也没有这七年的牢狱之灾。崇国必须打，狠狠地打！

但是，除了崇侯虎和文王的个人恩怨之外，攻打崇国还有战略上的意义。

关于崇国的具体地点，学界里有不同的看法。一个说法是在西安附近，因为《史记 · 周本纪》里说文王“伐崇侯虎，而作丰邑”。丰在今天的西安西部，崇国可能就在丰的附近。

也有说是在嵩山的，因为古代没有“嵩”这个字，而是叫“崇”。崇侯应该是分封在嵩山附近的诸侯，嵩山在今天的河南登封，在西岐和朝歌之间，文王如果要打朝歌，就必须打登封。否则这一带如果有敌对势力出兵的话，会断掉周军的后路，伐纣大业将面临极大的危险[1]。

不管崇国具体在哪里，那是学者的事，我们只要知道，它很重要，特别特别重要，就可以了。

它把守着商王畿的西大门，对商王十分忠诚。周人要想东征，要么必须经过崇国的领地，要么担心被崇国抄后路。

在《封神演义》中，姜子牙打崇侯虎还是费了一番周折的。最后还是靠内部反水，拉拢了崇侯虎的弟弟崇黑虎，才把崇侯虎捉住。这在历史上也有点影子。

历史上，文王伐崇的时候，传令不要误伤百姓，不能毁坏民宅，不能填塞水井，可见是着力拉拢人心的。饶是如此，崇国还是进行了非常顽强的抵抗。周文王打过来后，围城三十天，都没有把崇城打下来。文王没办法，回去“退而修德，复伐之”，

1　还有说崇国在山西襄汾的。襄汾有一座崇山，又叫塔儿山，有学者认为这就是古崇国的封地。

才把崇城“感化”了。大军到了防御工事边上，崇城就投降了。

《诗经 · 大雅 · 皇矣》里有几句就写到了伐崇，从这短短几句诗中，可以看出战争还是非常惨烈的：

> 帝谓文王：询尔仇方，同尔兄弟。以尔钩援，与尔临冲，以伐崇墉。临冲闲闲，崇墉言言。

钩援是古代攻城的兵器，用钩钩住城墙，牵钩绳攀援上去。临和冲是古代两种军车名，临车上有望楼，用以瞭望敌人，也可居高临下地攻城，冲车则是从墙下直冲城墙。墉是城墙，崇墉就是崇城的城墙。言言就是高大的样子。可以想象，文王打了三十天，说是回去重修教化，其实可能利用了一些情报活动，收买了一些内奸，让崇国从内部溃散了。如果硬打的话，恐怕也打不下来。

灭崇之战对于文王，就相当于牧野之战对于武王。文王打下了崇国，声威大震，没打的诸侯赶紧来投诚，于是周人“三分天下有其二”，灭商只是时间问题了。

文王总算松了一口气，可以闭眼休息一会儿了。

但是，他没有再起来，他实在是太老了。

第四章 末代君王

约前 1075—前 1046 年

煌煌大商自第一代的商汤立国后约600年，盘庚迁都后约250年，这个摊子终于传到了帝乙的儿子纣手里。

按照商朝的制度，父死子继，兄终弟及。帝乙的大儿子是微子启，老二是微子衍，微子衍也叫微仲衍。本来帝乙夫妇很喜欢微子启，想立他为太子，没想到遭到了一些大臣的反对。

为什么呢？原来微子启和微子衍的母亲生他们二人的时候，还是帝乙的妾。后来帝乙把她扶成了正妻，又生了纣王。

大臣们就说，我们有个规矩，立嫡不立庶。微子启虽然是老大，但他是庶出。纣王虽然是老三，但他是正宫娘娘[1]所生。

娘娘一听，鼻子都气歪了，“他们仨不都是从我身上掉下来的吗？”

1　商代没有这种称呼，但为行文方便，姑且袭用后代的俗称。

大臣们说："那也不行，虽然都是一个妈生的。可是您生他们的时候，身份不一样。生微子启的时候，您还是妾；生纣王的时候，才是正宫。我们不看是谁生的，看身份。"

帝乙夫妇还要坚持，谁知大臣们认这个死理，死活不松口。两口子没办法，只好立纣王为太子。帝乙去世后，纣王顺利即位。[1]

纣王文武双全，《封神演义》中说纣王当太子的时候，帝乙游于御园，领众文武玩赏牡丹，因飞云阁塌了一梁，纣托梁换柱，力大无比。这真不是明朝人瞎编。晋皇甫谧《帝王世纪》佚文："纣倒曳九牛，抚梁易柱。引钩申索（也写成索铁伸钩），握铁流汤。"不但是超级赛亚人，还有掰弯掰直的能力。

网上有很多人说商王族姓"子"，所以纣王应该叫"子受"，这是不对的。纣王有许多称呼：纣、殷纣、商纣、帝纣、受、受德、殷受、辛、殷辛、帝辛、后辛、受德辛，见于古书的一共 12 个，并没有一个叫"子受"。

要搞清这个问题，首先要知道古代姓、氏、名的一些讲究。

在纣王的 12 个名字里，有几个带个"辛"字。辛是他的日名。所谓日名，就是商代（包括周早期）用纪日的十天干给君王或高级贵族命的名。日名用来祭祀他，与祭祀的日子是对应的。比如碰上乙日这天（如乙丑日、乙卯日），就祭日名带乙的王，

---

1 说见《吕氏春秋·当务》："纣母之生微子启与中衍也，尚为妾，已而为妻而生纣。纣之父、纣之母欲置微子启以为太子，太史据法而争之曰：'有妻之子，而不可置妾之子。'纣故为后。"

比如纣王的父亲帝乙。不过，日名到底是这位王出生的日子，还是死亡的日子，现在还不清楚，所以纣王生前未必知道自己叫“帝辛”。

纣王真正的名字叫“受德”，大家简称他“受”，因为上古时代用字没有那么讲究，音近的也可以相互替换，所以也叫他“纣”[1]。至于有人说“纣”是对残暴君王的谥号，所以他生前一定不知道自己叫“纣”，就正好说反了。从目前的资料来看，商朝还没有谥法这一说[2]。后来人们把暴君谥为“纣”，正因为纣是最有名的暴君。就像《红楼梦》里管王熙凤叫霸王，正因为项羽当过霸王。

而且，纣王虽然姓“子”[3]，但并不是说他应该叫“子受”。这是因为“姓”和“氏”的概念后来发生了变化。

今天“姓氏”两个字连着说，但先秦时的“姓”和“氏”是不同的。上古时期，一个部族壮大了，就有了自己的族名。族名就是“姓”，这个部族就可以叫一个“姓族”，比如姬族、姜族、羌族（至今还保留下了名字）。

姓族逐渐分化，有的当了官，有的去了某个封地，分成一支一支的支系。这些支系再拿原来的姓当自己家族的名字，就没什么意义了。于是就用官名（如“司马”光、“太史”慈）、封地名（如韩国的韩非、赵国的赵括）、职业名（如屠、卜、

1 《尚书·西伯戡黎》正义：“《殷本纪》云：‘帝乙崩，子辛立，是为帝辛，天下谓之纣。’郑玄云：‘纣，帝乙之少子，名辛。帝乙爱而欲立焉，号曰受德，时人传声转作纣也。’”

2 《尚书·西伯戡黎》正义：“《谥法》云：‘残义损善曰纣。’殷时未有谥法，后人见其恶，为作恶义耳。”

3 “子”是不是一个真实存在的姓，现在还有争议。

巫）等给自己的家族命名，这就是“氏”[1]。

姓和氏逐渐混同，是秦汉之后的事。我们今天常说的“姓”什么，其实多数情况下说的是自己的“氏”。比如我们老李家，传说出于嬴姓，因祖上做过大理的官，所以名为“李”氏（理、李通用）。但我并不能叫“嬴天飞”，而是得乖乖地按分化出来的氏族叫“李天飞”——虽然前者更霸气一些。

“姓”就是族名，族之间无所谓贵贱。而“氏”是从社会身份而来的，所以有高低贵贱之分。

古代男性的主要任务是外出做事，古代女性的主要任务是结婚生子。所以男人的名字要用自己的“氏”当前缀，明确社会身份，以“明贵贱”（如韩非、巫咸，一看氏就分出身份了）。女子的名字要用自己的“姓”当后缀，标明家族来源，以“别婚姻”。因为同姓不婚，“姓”的作用是告诉人，可以和哪些部族通婚（如“苏妲己”名字的来历，见第六章）。

上古男子没有把姓放在自己名字前面的，所以纣王最合适的名字，就是《封神演义》的叫法——“殷纣”或“殷受”，没有任何问题。这好比“殷郊”“殷洪”是拿国号殷当了自己的氏，就像韩国贵族韩非、赵国贵族赵括、魏国贵族魏无忌一样。

文王、武王的名字也一样。比如武王，今天我们管他叫“姬发”，也是有问题的。民间这么叫可以，正史里喊他“姬发”

1　不是通常说的“氏族社会”意义中的“氏族”。

的很少[1]。因为姬只是一个族名，他做王子的时候，就叫“王子发”，当了王就一个字“王”，死了就是“武王”[2]。他对别人可以自称“予发”，向祖先祷告时就自称“曾孙发”。他已经是大周的君王了，“周”足以作为“氏”标识他的身份。如果他有朋友（比如死后进了地府，跟他一起喝酒的历代帝王），对他的正确称呼应该是“周发”。只不过他一生没有遇到地位与他平等的人，所以“周发”这个名字没有流行（只有《千字文》里有一句“周发殷汤”，并没有写成“姬发子汤”）。

说到哪儿了？现在还回到刚即位的纣王。

纣王继承下来的这份祖业，虽然不能说是一条破船，但问题也不少。

商王并没有像后代王朝那样实现天下大一统，它真正能控制的范围也就相当于多半个河南省（王畿）。再外围，就是大大小小的方国。有些方国服管，有些叛服不定，而有的干脆就是死敌。闹起来没别的办法，只能靠打。

但是，福威镖局的总镖头林震南都知道，要建立威信，不能光靠打。“倘若每一趟都得跟人家厮杀较量，哪有这许多性命去拼？就算每一趟都打胜仗，常言道：‘杀敌一千，自伤八百’，镖师若有伤亡，单是给家属抚恤金，所收的镖银便不够使，咱们的家当还有甚么剩的？所以嘛，吃镖行饭的，第一须得人头熟，手面宽。”

1　并不是完全没有。

2　武王是生称还是谥号，这个还没有定论。

林总镖头用毕生经验告诉我们："福"字在上，"威"字在下，福气比威风要紧。而福气便从"多交朋友，少结冤家"上来。

林震南都知道的道理，商王当然也知道。说起来，"福威"这二字方针的著作权，还是纣王的老叔箕子。他的原话是："惟辟作福，惟辟作威。"（出自《尚书·洪范》，"辟"是君王的意思）这就是"作威作福"和"福威"的来历。

但是，说起来容易，做起来难。那时候，很多小国都是从不同的原始部落演变而来的，它们有自己的信仰和习惯。商虽然强大，但其他小国并不能对它的文化完全认同。就算商想"多交朋友，少结冤家"，人家也未必理你。

一句话，当时要建立一个无远弗届的王朝，还不到时候。"福"还攒得不够，但"威"可在长期的东征西讨中消耗得差不多了。

而且，商朝内部也有很大的问题。

那时候没有科举考试，朝中的重臣往往都是世代为官的贵族。爸爸死了儿子接班，儿子死了孙子接班。所以《尚书·盘庚》里有句话："人惟求旧，器非求旧，惟新。"东西要用新的，人还得用旧人。

但是，世家大族的根越深，纣王的权力就越小，说话就不那么顶事。那些大族首先要考虑的是自己家族的利益，和纣王并不是一条心。

纣王决不是昏庸之主，他要改革。

首先，他重用了一批底层人物，培养自己的亲信[1]，著名的“奸臣”费仲就是这时候起家的。费仲很有能力，善于聚敛，是纣王的得力助手。名臣胶鬲也是。《孟子》说胶鬲“举于鱼盐之中”，是起于微贱的典型人物。但其实，可能纣王才是他真正的知遇之主，而不是文王。

新党旧党之争一直在历史上存在，最典型的当然是晚清的戊戌变法。纣王起用新党，当然得罪了微子、箕子、比干这些王族，以及太师疵、少师彊这些旧势力——相当于清代的王爷们。所以周武王逮住这一点狂喷：“昏弃厥遗，王父母弟不迪。”你看看，纣王忘了本了，不听老同志的话了。太师他们点着头说：对啊对啊，不听老人言，吃亏在眼前。反正我们这些老家伙都失势了，干脆请武王打进来，把这小子搞下去算了，咱们给他当“带路党”。[2]

不管老人们怎么想，纣王还是要推行自己的政策。

朝中的老臣不听话怎么办呢？最见效的方式，当然是严刑峻法。所谓的炮烙之刑，如果有的话，大概就是这时候搞出来的。比干被杀，也应该和纣王的政策有关。

外面的方国不听话怎么办呢？最见效的方式，当然是狠狠地打。于是，纣王十年和十五年的时候，发生了两次重要的战

1　这个时期，甲骨文里出现了更多的“小臣”，应该是有一个和王室势力不同的小臣集团在为纣王做事。

2　《史记·宋微子世家》：“太师曰：‘……乃毋畏畏，不用老长。……今诚得治国，国治身死不恨。为死，终不得治，不如去。’遂亡。”

争——征人方。

这里的“人方”，不是指人类建立的方国。“人”又写成“夷”，像一个人背着弓，是东方一个擅长射箭的部族，大致分布在今天安徽北部或山东南部。

商朝和人方谁先挑的事，已经不好说了。总之，纣王十年那次征人方，可以说是他在位时，在牧野之战之前最大的一场战役。他举全国之力御驾亲征，从出发到战斗再到回程，前后用了九个多月，中间还跑到淮河边上打了另外一个小国——林方。

这次战争，纣王获胜了。或者说前前后后几次征战，算是把人方压住了。因为保存到今天的甲骨里，还有一片特殊的刻辞，刻着“伐人方伯”的字样。

而这片骨头，就来自人方伯的脑袋。

人方是当时东夷集团里最强的方国，有点像周在西方诸侯中的地位。放到《封神演义》里，人方的方伯相当于东伯侯姜桓楚。在《封神演义》中，东伯侯姜桓楚是各路诸侯中最配合周人的，与纣王有血海深仇，而且不停地在东方牵制商军。这不能说和当年的人方没有关系。

但是，“杀人一千，自损八百”，多次征伐东夷让商朝自己也实力大损，三年五载恢复不过来。人方、林方虽然暂时压住了，西边的周人疯了似的跑马圈地，纣王却只能睁一只眼闭一只眼。甚至即使抓来了文王，还得纵虎归山，这是没有办法的办法（囚禁文王的时间大概和征人方同时）。

这样看，纣王有点像明代的崇祯，生在帝王家，欲戴王冠，必承其重。不能不干，还得兢兢业业地干。但是越干越坏，最后陷入恶性循环。有时候，不是帝王的能力问题，而是王国的结构出了问题。它背负了太多东西，牵一发而动全身。甚至也不是王国结构的问题，而是历史没有给它足够的条件。

当然，纣王自己也不是没有问题。但是一个人的罪状，肯定是当时的人知道得最清楚。武王讨伐他的时候，也肯定挑最严重的骂。可是即便这样，武王这边给他找的都是些什么罪状呢?

一是沉湎于酒，二是不用贵戚旧臣，三是重用小人，四是听信妇言，五是荒废祭祀[1]。

二和三刚才说过了，有政治结构上的原因，可以说纣王处理得不好，但不能说是多大的罪过。听信妇言，今天看来更是甩锅。至于荒废祭祀的罪状，从考古证据上来看，似乎也是硬安上去的。因为纣王时期的祭祀并没有荒废，只不过把一些旁系祖先剔除了而已。[2] 那么，唯一的罪过，就是爱喝酒!

对一个帝王来说，爱喝酒虽然不好，但实在算不上什么亡国的罪过。况且也不光纣王一个人喝，商朝人爱喝酒是有名的。甚至商朝灭亡后，周公还发布过一篇著名的《酒诰》，劝那些遗老遗少：别喝啦，干点正事吧！[3] 你们国都亡了。

1　顾颉刚《纣恶七十事的发生次第》。

2　《商代史》第十一卷《殷遗与殷鉴》，70—71 页。这也是得罪旧势力的一个原因。

3　《尚书·酒诰》：“纯其艺黍稷，奔走事厥考厥长。肇牵车牛，远服贾用，孝养厥父母。”

可见，即便是敌对势力硬安硬凑，四舍五入，也不过那么几条而已。什么酒池肉林、炮烙虿盆，都还是没影的事呢。

但是越到后来，纣王的罪状就越多。因为他是亡国之君，所以怎么磕碜他都可以。这个现象早就被后人注意到了，所以子贡说：

> 纣之不善，不如是之甚也！是以君子恶居下流，天下之恶皆归焉。

这句话放在今天，就叫“破窗理论”，窗户上破了一个洞，就会有越来越多的人去砸洞。

等到了战国、秦汉时期，纣王的罪状就越传越邪乎。酒池、肉林、敲骨、剖妇，都是这时候出现的。纣王也越来越奢侈，比如建造璇宫、玉床、金柱等等。反正人都死了一千多年了，小说和历史早已没法分清了。

所以说，一个人的命运啊，当然要靠自我奋斗，但也要考虑历史的进程。

第五章　殷商群臣

约前1075—前1040年

在《封神演义》里，纣王手下的臣子明显分成两派。一派是所谓忠臣，敢于劝谏，逆龙鳞，不惜一死，像比干、商容、胶鬲、梅伯、赵启、夏招、杜元铣等。另一派是所谓奸臣，助纣为虐，主要有崇侯虎、费仲、尤浑、飞廉、恶来等。神奇的是，无论忠臣还是奸臣，最后在封神榜上都有个位置。

那么，历史上的纣王臣子又是怎么回事呢？《封神演义》里说的，哪些是史实（或见于史料记载），哪些又是民间传说呢？

首先要说的是忠臣阵营。《封神演义》里提到的真实的历史人物，是商容、比干、胶鬲、梅伯这四位，而赵启、夏招、杜元铣都是虚构的。然而这四位，也都各自不同。

《封神演义》里的商容是三朝元老，因纣王无道，辞职回家养老。不料纣王受了妲己蛊惑，要杀儿子殷郊、殷洪。殷郊逃到商容家里，被纣王派兵抓了回去。商容急忙回朝劝谏，纣王不听，商容就自己撞死在大殿的蟠龙石柱上了。

商容是纣王重臣没有错，根据先秦的零星记载，可以知道他在商朝主管礼仪音乐，很受百姓爱戴。因为劝谏纣王，被纣王贬了官，于是退隐乡下，等待天下有变。后来武王灭商，他出来迎接。武王很器重他，就派大臣在他门前树立旌表（应该是石碑、匾额或者装饰性建筑之类的纪念物）。

后代还有一个同名同姓的商容是老子的老师，留下了一句著名的话，“齿以刚亡，舌以柔存”，这当然和商代的商容不是一个人。

史料上说商容见到纣王倒行逆施，也是忧心如焚。但他毕竟只是个管礼乐的官，不像《封神演义》里说的，身居首辅，位高权重，所以他的操作也很“迷”。

他拿着礼乐用的羽籥（羽指雉鸡尾，籥是一种管乐器，两者都是礼器），在纣王面前跳舞，打算用先王的礼乐劝化纣王。纣王走到哪里，他就跟到哪里。纣王嫌烦，上车走了，他就跟在马夫屁股后面，一面絮絮叨叨地讲他那套大道理，一面不屈不挠地跳舞，好像《大话西游》里的唐僧——当然是不能成功的。他失望至极，但也不敢拼死进谏，只好辞官不做，逃到太行山隐居起来。[1] 这就是《封神演义》里商容辞官回家的故事原型。

武王灭商后，商容又回到殷都。他见多识广，眼光很高。武王率领大军进了殷都后，商容和老百姓都去看热闹，当然也想看看新天子长得什么样。

1　典出《韩诗外传》，原作“伐纣”，“伐”当为“化”之误，是教化纣王的意思。

一支先头部队开了过来，中间簇拥着一个衣着华贵的人。商朝人当然不认识他，见他气度雍容，举止得体，就以为是周武王了。大家就嚷道：“我们的新天子来了！我们的新天子来了！”

商容却说：“肯定不是，你看他表情很谨慎，而且有点匆匆忙忙。这是个做实事的人，但肯定不是天子。”原来这个人是毕公高，是武王的弟弟，也是他的得力助手。

又过来一支队伍，为首的是一位白胡子老人，盔甲明亮，相貌威严。大家又嚷道：“我们的新天子来了！我们的新天子来了！”

商容却说：“肯定不是，你看他杀气腾腾，人人害怕，这个人肯定见到利益就往前冲，顾前不顾后。他应该是三军统帅，但肯定不是天子。”原来这个人就是姜子牙，牧野大战的总指挥。

又过来一支队伍，为首的人容貌儒雅，端庄肃穆。大家又嚷道：“我们的新天子来了！我们的新天子来了！”

商容却说：“肯定不是，你看他温和安闲，平易近人。他应该是相国，但肯定不是天子。”原来这个人是周公旦，周武王的首席辅政大臣。

最后过来一支队伍，商容一看为首的人，就脱口而出：“这才是我们的真命天子！你看他表情如水，见恶不怒，见善不喜，深不可测。天子就应该这个样子！”果然，这位不显山不露水的人才是周武王。

武王安顿下来之后，就请商容出任要职，被商容推辞了。

他认为自己很失败：“文艺演出”并不能救国，又没有胆子针砭时弊，还是在家养老吧。之后商容没有在历史上留下记录，可能是寿终正寝了。

纣王还有一个大臣胶鬲。在《封神演义》里，他是一个忠臣，因反对纣王设“虿盆”，从摘星楼上跳楼身亡。当着帝王的面自尽，这是“尸谏”，是很有气节和影响力的行为。

但是历史上的胶鬲，很可能是一个大间谍，是周人的内线。

胶鬲和周朝关系非常密切。《国语·晋语》里记载了这么一句话：

妲己有宠，于是乎与胶鬲比而亡殷。

就是说妲己受到了纣王的宠爱，于是和胶鬲一起把商朝灭掉了。这句话非常有意思，它把“亡国祸水”和胶鬲放在了一起。

按常理来说，两国交争，肯定要互相安插间谍。从一些蛛丝马迹来看，周人在纣王身边的间谍，很可能就是胶鬲。因为有这样一个故事。

殷商有两个著名的高士——伯夷、叔齐，因为纣王昏庸残暴，就来投奔周朝。武王正在招揽人才，一看两位天下名士来了，立即指派弟弟周公旦亲自接见，那个鞍前马后的热乎劲儿就别提了。

过了几天，周公旦说要带他们游玩游玩，就来到四内（地名），带他俩进了一座神秘建筑。一进门，他俩竟然见到里面坐着一个老熟人：胶鬲！

伯夷、叔齐大吃一惊：一个大商朝的重臣，应该在朝中从龙伴驾啊，怎么偷偷跑到敌国来了呢？刚要上前搭话，只见周公旦神秘兮兮地摆开钟鼎，牵来献祭的牛羊，叫人杀了，祭过了天地，就与胶鬲对天盟誓：“灭商之后，加富三等，就官一列。”并拿出盟约，一式三份，把其中一份和牛羊一起埋在地下，作为凭证。周公拿了一份，胶鬲也拿了一份，趁天晚匆匆走了。

伯夷、叔齐回到住处，心里直打鼓。过了几天，两人又见了一位大佬：武王的另一位重臣召公奭亲来拜望。召公也说要带他们游玩游玩，就带他们来到一座离宫别馆里。一进门，他俩又见到里面坐着一个老熟人：当朝天子的大哥微子启！

伯夷、叔齐又大吃一惊：微子启跑到这儿干什么呢？只见召公也叫人摆开钟鼎，牵来牛羊，杀牲祭天，与微子启对天盟誓：“灭商之后，世世代代封你为一等诸侯，守护殷商的万代香烟，永不背盟！”说完，也拿出一式三份的盟约，把其中一份和牛羊一起埋在地下，作为凭证。召公拿了一份，微子启也拿了一份，也趁天晚匆匆走了。

伯夷、叔齐一合计，这是故意让我们看着，他们就是这么收买殷商大臣的，赶明儿也得和我们这么盟誓啊。天哪，这么多栋梁之臣、皇亲国戚，原来早就和周朝勾搭上了啊！不行，虽然纣王无道，但这种事咱们做不来，还是走吧，于是就走了。[1]

所以，胶鬲早就和周的势力有秘密来往了。周武王伐纣的

1　故事见《吕氏春秋·士节》，有些情节根据《商朝史》第二卷、第十一卷的推测做了合理的虚构。

时候，他也在纣王身边充当内应。

武王伐纣的大军走到鲔水这个地方，纣王派胶鬲去侦察武王的军事行动，他俩之间发生的对话很奇怪。

胶鬲问周武王："您到哪儿去？"这相当于白问，谁不知道他要伐纣呢？周武王就说："我要去朝歌。"

胶鬲又问："您哪天到啊？"周武王说："你回去告诉你家大王，就说我甲子日必到。"胶鬲就说："那行，我回去等您。"就离开了。

周武王于是昼夜兼程行军，正赶上下大雨，道路泥泞不堪。士兵们都抱怨说："大王，我们别走了，歇歇吧，雨停了再说。"武王说："不行，必须赶路，一定要在甲子日赶到朝歌，因为咱们答应了胶鬲，不能失信于人。万一甲子日没到，纣王把胶鬲杀了怎么办呢？"

于是武王继续强行军，终于赶在甲子日兵临朝歌城下。然而，纣王已经摆开兵马，准备迎敌。幸亏商军人心涣散，刚一开战，前锋就倒戈了[1]。

这就很奇怪了：周武王冒着这么大的风险长途行军，居然是要取信于敌国的一个大臣，而且理由如此冠冕堂皇？

比较合理的解释是，胶鬲实际上是周武王的内应，正因为有这样一个大内应，所以武王即使长途行军兵临城下，犯了兵家之

1 《吕氏春秋·贵因》。

大忌，还能取得胜利。周武王和胶鬲商量好了甲子日要里应外合，如果赶不上这个日子，胶鬲的间谍行动就很可能会被纣王发现。古人没有手机，也没有电报，这种策应的事只能约定日子到时候一起行动。若一方失期，另一方单独行动就非常危险。

《三国演义》里的张松就是一个做内应失败的例子。他本来是益州刘璋的手下，然后给刘备做内应，要献西川。结果做事不周，被他的哥哥张肃告发，最后被刘璋杀了。内应一死，敌人一定会加倍提高警惕，再打起来就困难了。

所以周武王宁可冒着长途疲惫行军的危险，也要在甲子日赶到朝歌城下，方便里应外合。[1]

周朝胜利之后，周王大封群臣，论功行赏，其中重赏了一个叫“鬲”的人。鬲就铸了一口青铜尊来纪念，这就是“鬲尊”。尊上的铭文里有一句话：“鬲赐贝于王。”意思是周王赏给鬲很多贝（即当时的钱），这个“鬲”很有可能就是胶鬲。

胶鬲原来是商朝人，为什么周王对他论功行赏？推想起来，大概就是因为他做“地下工作”有功。

在《封神演义》里，纣王还杀了一个大臣梅伯，是用他新造的炮烙之刑活活烤死的。历史上确实有梅伯这个人，但一般认为他是被纣王剁成了肉酱。所以屈原在《天问》里说：“梅伯受醢，箕子佯狂。”

醢就是剁成肉酱的意思。据说梅伯的后代还绵延到了今天，

---

1 详细分析见丁山《商周史料考证》、王瑰《间谍胶鬲与牧野之战周的胜利》。

主要生活在湖北东部和安徽交界的黄梅县。但这个民间传闻没有足够的证据。

《封神演义》里最著名的忠臣是比干。《封神演义》里比干剖心的故事，和史书记载的大差不差。只有他和妲己结怨的事，是融合了几个后代的故事。

《封神演义》说妲己告诉纣王，修建鹿台，就有神仙降临。商纣王就大兴土木建鹿台，造了两年零四个月，终于完工。妲己当然没法请来神仙，就来到轩辕坟中，让她的狐狸亲戚们变成神仙，在九月十五日这天来赴宴。

“鹿台请仙”其实就是中国古代“人神相会”主题的民间故事。人神相会中人类的主角往往是帝王，而帝王想请仙，都要有个高台。

例如汉武帝很爱求仙，有一次想见西王母，就在延陵台上焚香祷告，果然七月七日，西王母就带着仙女坐着仙车来了。汉武帝和她很愉快地度过了一个夜晚。西王母还给他仙桃吃，这就是后来“蟠桃会”的原型。

《封神演义》说纣王请来比干陪酒，比干有百斗之量。台上一共三十九席，比干每席奉一杯，喝完一轮又喝第二轮，前后得有几百杯，比干丝毫不醉。历史上的比干肯定不是这样的，因为纣王沉湎于酒，比干还曾去劝谏。这个陪酒的故事，应该出自东汉末年的郑玄。

郑玄是东汉末年的大学者，遍注群经。有一次，他从袁绍那里离开，袁绍带了很多人给他送行。他听说郑玄酒量大，就想测一测，于是派了一百多个人，一杯连一杯给郑玄敬酒。郑玄杯到酒干，一共喝了三百多杯，所有人都醉了，唯有郑玄仍旧从容自若，举止大方得体，“温克之容，终日无怠”（见《世说新语 · 文学》注）。所以文人的酒量也是很厉害的。李白的《将进酒》写道：“烹羊宰牛且为乐，会须一饮三百杯。”三百杯的典故就来自郑玄。

比干没醉，狐狸们倒喝醉了，从衣服后面露出了狐狸尾巴。比干大吃一惊，等到众人散去，就去找黄飞虎。黄飞虎带着兵去追赶，追到了轩辕坟。黄飞虎立即带兵把轩辕坟围住放火，狐狸精们都被烧死了。黄飞虎把死狐狸搬出来，用尚未烧坏的狐狸皮做了一件皮袭，献给纣王。这件事彻底惹到了妲己，她开始安排陷害比干、黄飞虎。

历史上，与此相近的故事发生在宋初的名臣王嗣宗身上。他担任邠州（今陕西彬州）长官时，当地有座“灵应公庙”据说很灵，当地的老百姓信得不得了。哪怕是官员来了邠州，也得先去庙里拜神，毕恭毕敬地听庙里的巫师瞎说八道一通。王嗣宗调查了一番，发现神庙下面有个狐狸洞，就点起官兵，一把火把神庙烧得精光。烟火熏出百十头狐狸，王嗣宗命官兵一一捕杀，从此再也没有什么神迹了。这件事在当时很有名，甚至王嗣宗自己也很得意，认为是一大功劳。[1]

王嗣宗并不是武将，而是文官。他参加科举那年，主考官最后确定了两个状元人选，一个是赵昌言，另一个就是王嗣宗。

1 《续资治通鉴长编》卷七十五。

宋太祖也难分高下，就想出一个主意，让两人打架。哪知道赵昌言大概是读书太勤奋了，发量很少，发际线很高，王嗣宗一下把他的帽子打掉了。宋太祖就把状元给了王嗣宗，他也得了个“手搏状元”的名号。而比干和黄飞虎两人一文一武，确实也有文武双全的含义在。

后来比干和黄飞虎成了民间皮匠行供奉的祖师爷。大概是因为他们烧了狐狸精的巢穴轩辕坟，用狐狸皮做了一件大衣献给纣王，民间便认为他们就是皮大衣的发明者了。

《封神演义》的前半部里，最大的奸臣是崇侯虎。他和西伯侯的恩怨，在第三章中已经说过了。

《封神演义》说崇侯虎还有一个弟弟崇黑虎，后来被封为南岳大帝，这当然是编的。因为“侯虎”并不是崇侯虎的名字，他以崇为氏，封为侯，名虎。所以即使他有弟弟，也应该叫崇豹、崇狼、崇狗、崇猫之类，而不是叫双字名“黑虎”。

不过，《封神演义》的作者倒是照顾到了一家人要画风一致，所以给崇侯虎的儿子起名“崇应彪”，最后封为九曜星之一。“彪”的意思是老虎的花纹。

在封神故事里，崇侯虎的地位是很高的。在《封神演义》的早期源头、元代的《武王伐纣平话》里，姜太公伐纣时，崇侯虎还当过纣王这边的三军统帅，而且还设有木星寨、水星寨、金星寨、土星寨、火星寨等五星寨，姜太公为了破这五个寨费了很大的劲。之后，崇侯虎也是被姜子牙抓住后斩首，再后来被封为夜灵神。

也就是说，崇侯虎在《武王伐纣平话》里担任了两个角色，一个是在纣王身边当奸臣，一个是率领商军和周军作战，地位略相当于闻太师。

但这是有问题的，一是不符合史实，因为崇侯虎在历史上是被文王灭掉的，不可能在文王死后还去抵挡武王的大军；二是他身兼两个角色，对他的人物形象不好。所以到了《封神演义》里，第二个角色就分出来了，给了闻太师闻仲。《封神演义》里的崇侯虎就只剩下一个角色：文王的死对头。最后文王的命也算是交待在他这里了：文王被他的首级吓死，二位的结怨总算解清，有点像金庸小说中的西毒和北丐同归于尽。

文王被囚禁在羑里，崇侯虎是罪魁祸首。后来散宜生去献珍宝，赎出了文王，就趁热打铁询问纣王，是谁进的谗言。纣王正在兴头上，刚想说出口，又觉得不太好说出崇侯虎的名字，于是告诉散宜生，这个人长得“长鼻决耳”，就是鼻子长，耳朵上有缺口。

散宜生回去之后告诉了文王。文王想，朝中还有谁是这副长相呢？一下就想起了崇侯虎，于是这梁子就结下了，这就有了后来的灭崇之战。其实，人家对于商朝来说是不折不扣的忠臣，只因为“助纣为虐”，才成了奸臣。

《封神演义》里，纣王还宠信四个奸臣：费仲、尤浑、飞廉、恶来。尤浑不见于历史记载，应该是后来虚构的。费仲（又叫费中）却非常有名，因为《史记》里说：

> （纣）而用费中为政，费中善谀，好利，殷人弗亲。

纣又用恶来，恶来善毁谗，诸侯以此益疏。

但是，对历史人物简单地划分忠奸，本来就不合理，还得看他做了什么。我们知道，周人从古公亶父那辈就谋划着“翦商”，纣王对此居然一无所知，因此费仲极力劝纣王杀姬昌：

> 西伯昌贤，百姓悦之，诸侯附焉，不可不诛。不诛，必为殷祸。

纣王还犹豫不决，说：“西伯侯是仁义之人啊，杀他做什么？”

费仲就说：“再破的帽子，也得戴脑袋上；再好看的鞋子，也得穿脚上。什么身份的人，就得干什么身份的事情。西伯侯是臣子啊，他凭什么施行仁义？他施行仁义，一定是要夺取天下。他行仁义，不是为了你行的，不杀他等什么？”

纣王还是犹豫：“我作为天子，提倡的就是仁义，怎么能杀仁义之人呢？算啦算啦。”

费仲劝了三次（古书里“三”往往是多的意思），纣王还是不听，最终商灭亡了。

这样看，费仲和比干似乎也没什么区别。他一心想的是殷商天下，早就看出了西伯侯的野心。

费仲的特点是“好利”。好利并没有错，纣王重用他，也是因为他善于聚敛财货。当时商朝渐渐衰败，比干、微子、商容这样的老臣并没有这种本领。所以纣王信任费仲，旨在提高国家的经济实力，这当然是可以理解的。

但是费仲应该不是殷商的旧贵族，至少出身不会很高。所以他劝纣王杀西伯，纣王没听；但是崇侯虎一劝，纣王就听了。纣王重用费仲这种人，势必遭到比干、微子这些人的不满，所以“殷人弗亲”。这里的殷人，应该是以各路宗族首领为代表。实干的“能臣”和势大的“贵戚”之间的矛盾，一直贯穿于整个中国历史。

费仲也败在“好利”这件事上。崇侯虎好容易劝动了纣王，把西伯侯抓了起来。散宜生赶紧搜罗奇珍异宝，走费仲的门路。费仲乐得眉花眼笑，立即给姬昌说好话，劝纣王放他出来。说到底，还是眼皮子浅，没见过世面。

比费仲更差一等的是飞廉、恶来。飞廉是恶来的父亲。飞廉腿脚好，擅长奔跑；恶来力大无穷。[1]这两位因为体育特长被纣王宠幸，似乎更属于幸臣之流，连费仲都不如。费仲赶上了牧野之战，被武王捉住杀了。牧野之战后，姜子牙立即带兵追杀一个叫方来的商朝大将，三天后将他擒杀报捷。方来可能就是恶来[2]。

飞廉不知为何幸免于难，后来还跟着武庚造反。周公东征，飞廉就往东跑，一口气跑到了山东海边，实在没地方跑了——大概他虽善奔跑，却不善游泳——被周公抓住杀了。

但是，飞廉、恶来的后代可不简单。恶来的儿子叫女防，女防的儿子叫旁皋，旁皋的儿子叫太几，太几的儿子叫大骆，

1　《史记·秦本纪》。

2　《逸周书·世俘解》。

大骆的儿子叫非子。

非子善于养马，周孝王就叫他到西部边疆（今甘肃天水）去放牧。几年后，马养得膘肥体壮，千百成群。周孝王龙颜大悦，赐他姓嬴，给了他一片封地，这就是秦国的来历。周的克星，也就从西方慢慢升起。

接下来的故事，几乎是周灭商故事的重演：秦国依然向东迁徙，依然迁到今天陕西关中平原周的故都附近，依然蚕食周围的土地，依然沿着武王伐纣的路线打进了中原……

六百年后，秦终于灭掉了周，统一了六国，出了祖宗的一口恶气。

第六章　九尾妖狐

约前 1065—前 1046 年

《封神演义》的开头，是纣王去女娲庙进香，看见女娲娘娘的塑像，就动了淫心，在墙上写了一首诗：

凤鸾宝帐景非常，尽是泥金巧样妆。

曲曲远山飞翠色，翩翩舞袖映霞裳。

梨花带雨争娇艳，芍药笼烟骋媚妆。

但得妖娆能举动，取回长乐侍君王。

稍微了解一点古代文学的人都知道，这是一首“七律”。

七律这种体裁在唐朝才发展成型，到杜甫手上才发扬光大。所以别说纣王，就是电视剧《琅琊榜》里出现一首七律都很违和。纣王的时代是绝不可能有七律的。

但是，如果要照顾历史真实，故事就很难编，因为那个时候，基本上要什么没什么，稍不注意就玩了“穿越”。

那么纣王“撩”女神的时候就没法写诗了吗？当然不是。

不但可以写，而且体裁很多。如果纣王是个高手，可以信手拈来十首以上而不带重样的。

要搞清楚这个问题，就要知道商朝的诗是个什么样子。

商朝离现在三千多年，那时候有诗吗？当然有。任何朝代都有诗！没有文字的时代都有诗，更别说商朝已经有了成熟的文字——甲骨文。和人类永远相伴的两个朋友，就是诗和远方。

商朝离我们太远了，保留到今天的文字实物，除了甲骨文和青铜器之外，就不剩什么了。但是，商朝之后的周朝人毕竟还记得许多前朝的掌故、文章，所以今天要看商朝的诗，可以从以下五个地方去找。

第一是甲骨文和青铜器。甲骨文里有些文字很好玩，比如算卦问哪个方向会下雨：

> 其自西来雨？其自东来雨？其自北来雨？其自南来雨？

四面八方下不下雨都问到了，虽然占卜者并没有写诗，却有了诗的感觉。诗歌的一大秘诀就是重复，无论是文字、音节还是韵脚，只要一重复，就有了诗性。

这样的写法，在后来的民间唱词中也很常见，比如“鱼戏莲叶东，鱼戏莲叶西，鱼戏莲叶南，鱼戏莲叶北”。甚至岳云鹏的相声《送情郎》说“小妹妹送我的郎啊”，要“送到了大门东呀”，“送到了大门南呀”，“送到了大门西呀”，“送到了大门北呀”，唱遍了四方，“一抬头我就瞧见了王八驮石碑呀”。当然，最后相声是以“若问这王八犯了什么罪呀，只因为他说相声桌子挡住了腿啊”结束的。

第二是四书五经之一的《尚书》。不过《尚书》里都是正儿八经的官方文件，很少有诗歌。唯一的一首是说商汤起兵伐夏，大伙儿一起骂夏桀：“时日曷丧，予及汝皆亡。”虽然只有两句，却真是一首诗，因为它是押韵的——直到今天还押韵！

第三是《诗经》里的《商颂》。这是商朝的后代宋国保留下来的宫廷诗。我们第一章说过的《玄鸟》，就属于商颂：

> 天命玄鸟，降而生商，宅殷土芒芒。古帝命武汤，正域彼四方。

《商颂》很高大上，适合站在高山之巅，面向大海高声朗诵：“啊！我的大商！”不过《商颂》到底是原汁原味的商朝诗，还是宋国人加工过的，不大好说。但这些诗来头很久远倒是真的。

第四是《周易》。《周易》里也记载了一些似诗非诗、似文非文的东西，可能也是很早的诗歌，比如：

> 其亡！其亡！系于苞桑。
>
> 困于石，据于蒺藜。入于其宫，不见其妻。

这些东西是押韵的，年代又很早，很有可能就是商朝人写的，通过《周易》保留在现在。这些东西就像现在很多算卦的诗。比如“称骨算命”算完后，签上或电脑程序会给你一首诗，比如：

此命推来事不同，为人能干异凡庸，中年还有逍遥福，不比前时运未通。

第五就是鸡零狗碎地记录在先秦两汉古籍中的商朝文学。比如《大学》里记载的“汤之盘铭”：“苟日新，日日新，又日新。”

还有纣王的老叔箕子，商朝灭亡后，王宫内院杂草丛生，长满了野麦子，箕子很伤心，写了一首《麦秀歌》：

麦秀渐渐兮，禾黍油油。彼狡童兮，不与我好兮。

还有认死理的伯夷、叔齐，劝阻武王不成，跑到首阳山饿死，死前作了一首诗：

登彼西山兮，采其薇矣。以暴易暴兮，不知其非矣。神农、虞、夏忽焉没兮，我安适归矣？于嗟徂兮，命之衰矣！

现在我们可以看看真实中的纣王会在女娲庙的墙上写什么诗了。这样一分析，可选的诗体非常多，何必非得死认七律？

如果纣王走《周易》的“神秘风”，那就这么写：

艳于衣，美于容仪。入女娲宫，觅一新妻。

如果走甲骨文卜辞的“啰唆风”，那就这么写：

予自东边撩你，予自西边撩你，予自南边撩你，予自北边撩你。

如果走他老叔箕子的“文青风”，那就这么写：

女神漂漂兮，长发飘飘。彼女神兮，与我好兮。

如果走《商颂》的"雄浑风"，那就这么写：

维彼娘娘，长发其祥。维予有商，力辟汝洪荒！

当然也可以"简单粗暴风"，仿照"时日曷丧，予及汝皆亡"，那就是："我是纣王，要与汝上床！"[1]

然而，不管写什么诗体，纣王毕竟是得罪了女娲娘娘。女娲娘娘于是大怒，派轩辕坟三妖——九尾狐狸精、九头雉鸡精、玉石琵琶精——一同祸乱殷商天下。

狐狸精在驿站附体妲己这个故事，在早期封神故事《武王伐纣平话》里就出现了，剧情和《封神演义》中差别不大。其中最大的差别是，她并不是来祸乱商朝天下的，只是想进宫享受享受荣华富贵。

原来在《武王伐纣平话》里，故事是这样开始的。

纣王去玉女庙（不是女娲庙）进香，见玉女的塑像十分美丽，就动了心，在神殿上陪伴了三天，玉女终于被感动，下凡和纣王相会。因为仙凡不能相通，玉女就答应百日后和纣王相见，并且送给纣王一条绶带作为信物。谁知纣王等待了一百日，玉女并没有来。纣王无奈，只好下令全国进献美女，这才把妲己选了出来。在苏护送妲己进京的半路上，妲己在一座驿站里

1　赵敏俐在《殷商文学史的书写及其意义》中，总结了保存有殷商文学的六个文献来源是：1. 甲骨卜辞、铜器铭文；2.《尚书》中关于商代的文献；3.《诗经》中的《商颂》；4.《周易》中的一些卦爻辞；5. 零散记在先秦两汉古籍中的商朝文学；6. 殷商神话传说。

被狐狸精附体，真妲己死去，假妲己被送入宫中。纣王一看妲己的容貌，大吃一惊，原来她长得和玉女一模一样。

但是，妲己很快就发现了纣王腰间的绶带，一问才知道是玉女给他的。妲己就心生妒忌，叫纣王烧了玉女庙，打碎玉女塑像。这才触怒了上天，降下太子殷交（即殷郊），投生到正宫姜娘娘胎中，成为亲手毁灭商朝的人。后来妲己和纣王，都是殷交亲手杀掉的。

在这个故事里，纣王私约玉女，是一个典型的“人神恋”故事，是没什么问题的。而玉女百日之后虽然没有亲来，纣王却找到了她的替代品——和她容貌一模一样的苏妲己。玉女自己也和纣王说：“臣为仙中之女，陛下为人中之王，岂可宠爱乎？”所以只能找一个人间的替身，而妲己就是玉女的替身。

然而这个替身（无论是善良的妲己姑娘，还是那个狐狸附体的妖后）自己却不知道这件事。这还不如说，妲己成为玉女替身这件事，体现了天意虽然不可违背，但也得通过人间的具体规则发生作用。譬如你做了好事，上天要奖励你，并不一定是很神奇地从天上掉下来几万块钱，更可能是偶然挖地挖出了前朝什么人埋下的财宝。上天要惩罚你，也不是让你的钱突然魔幻地消失，而是发生一场火灾，或是生了个败家子，几年内把家财败光。天意是天意，却要通过凡间规则来执行。

人类应该敬重这天意，而不是去藐视它。而人类特别容易因为自身的弱点而无视甚至践踏天意。比如玉女的人间替身代表天意来和纣王完结这段姻缘，这本来是好事，却因为纣王说她长得和前任女友一样吃了醋。吃醋导致了砸像烧庙，玉女（或者说天意）好心碰上驴肝肺，这才惹怒了上天。在这里，上天被触怒的原因并不是纣王的淫心，而是纣王夫妇对天意不知敬畏。不敬天命，就会生下败家讨债的子孙，这个逻辑很“传统”。

在《封神演义》里，妲己的父亲叫苏护，这当然是《封神演义》的创造。纣王命苏护进献女儿妲己，被苏护拒绝。他回到封地组织抵抗，但最终还是扛不过压力——北伯侯崇侯虎率兵征讨，西伯侯姬昌派人劝降，他无奈之下，只好送女入都。

这个故事是有点影子的，因为历史上的妲己确实来自有苏氏方国。根据《国语》的记载，“殷辛伐有苏，有苏氏以妲己女焉”。

在某些古书里，“妲”又写成“黖”（杨慎《古音骈字》）。“黖”的意思是“黑而有艳”，所以妲己很可能是个黑美人，这种审美倒是蛮原始的。

《国语》在这里有一条注释：“有苏氏女，妲，字（或名）；己，姓也。”所以我们今天所谓的“苏妲己”，实际上应该是姓“己”，字“妲”。

妲己的“己”姓放在“妲”后面当后缀，就表示她的家族来源是“己族”。这是上古女性的命名方式。宋代叶梦得《石林燕语》说：

> 古者妇人无名，以姓为名，或系之字，则如仲子、季姜之类。

仲子是春秋时期宋武公之女，字“仲”，而宋国是殷商王族的后代，姓“子”，所以叫她“仲子”。这个仲子的子，和酒井法子、山村贞子、《三体》智子的子不是一回事。

季姜是春秋时期纪武侯之女，嫁给周桓王为王后。“季”是字，“姜”是纪国国君的姓，妲己也是此例。但是有时候也会把父亲的氏加在前面，称“宋仲子”“纪季姜”。所以对妲己来说，“苏”既然是她父亲的氏，那么叫“苏妲己”也没什么不对，但这主要见于后代的戏曲小说。

有苏氏确实是殷商时期的方国，在今天河北临漳的西部[1]，所以《封神演义》说苏护是“冀州侯”，倒不算离谱。

妲己的父亲叫苏护，这当然是《封神演义》中虚构的人物。但是在历史上，苏国出了一个大名人，就是武王的重臣苏忿生。如果单看年纪的话，他应该相当于妲己的兄弟辈。

武王灭商后，将苏忿生封在温（今天的河南温县，这个名字也用了三千多年），叫他镇守殷商的西部边界。苏忿生把古苏国的人迁来，和温合并到一起。周朝时的苏国范围，大概包括今天的河南修武、武陟、焦作、沁阳、孟县、济源等地，方圆百余里，是一个很大的诸侯国。因为定都在温邑，所以又叫温国。

温国一直延续到春秋时期才逐渐衰落，经常被北边的狄人和旁边的郑国欺负。前650年，温国被狄人灭掉。但是苏氏家族并没有灭绝，过了三百来年，到了战国时代，出了一个能说

1　一说在河南温县，今从陈隆文《古苏国地望及其疆域问题》，《史学月刊》2002年第9期。

会道的人——大纵横家苏秦。又过了一千多年，出了一个更加能说会道的人，就是苏轼。

今天的河南温县还有个苏王村，当地还有很多关于苏国的民间传说，说苏护有四个儿子、两个女儿：长子苏全忠，次子苏全孝，三子苏全仁，四子苏全义；妲己还有个孪生妹妹，叫媛己。据说妲己十四五岁的时候，在黄河渡口游玩。忽然一条渔船被风浪打翻，妲己奋不顾身地下河救人。这些故事还上了政府门户网站，有鼻子有眼。

后来苏护反抗纣王的统治，满门战死，只剩下小儿子苏全义幸存。大概是因为满怀忿怒，苏全义化名苏忿生，投奔了周朝，成为股肱之臣后，还被武王封在了温县。

行吧，这个民间故事编得毫无逻辑漏洞。因为从历史上纣王征伐有苏氏来看，苏应该是商的敌国。商灭苏之后，苏忿生（或他的上一辈）投靠同为敌国的周人，意图复仇，极其合情合理。这个情节在《封神演义》里也有，就是苏护奉命征伐西岐，最后竟然反水投降。

妲己本人并不是坏人，而是个善良美丽的姑娘，只是被狐狸精吸去魂魄，附体了而已。所以汉镜铭文说：

> 侯氏作竟（镜）世未有，令人吉利宜古（沽）市，当得好妻如旦（妲）己兮。[1]

1　商承祚《长沙古物闻见记·续记》卷下“铜”。

至少在汉代，还有人认为娶到妲己这样的美女是幸运的。

而九尾狐在上古时期的传说中也不是妖怪，而是祥瑞之兽。比如大禹三十岁了还没老婆，在那时候就算“剩男”了，他很着急，就向天祷告说：“我这辈子还有结婚希望吗？”

话音刚落，一只萌萌的九尾白狐就窜进了大禹的屋子。大禹非常高兴，因为在当时，这可不是什么女妖来迷惑他，而是有家有室、子孙繁盛的象征。于是大禹就唱了一首歌：

> 绥绥白狐，九尾痝痝。我家嘉夷，来宾为王。成家成室，我造彼昌。天人之际，于兹则行。

白狐的征兆很快应验了。大禹娶到了一个涂山氏的姑娘，生了儿子启。班固在《白虎通义》里解释这种现象说：

> 必九尾者何？九妃得其所，子孙繁息也。于尾者何？明后当盛也。

也就是说，九尾代表九个妃子，而尾巴长在身体后面，所以代表子孙后代。所以九尾狐狸代表夫人众多，子孙昌盛。

周文王也曾给纣王献过九尾狐。周文王被纣王关在羑里，西岐方面为了救他出来，到处寻找珍禽异兽。散宜生弄到了一只九尾狐，连同其他珍宝献给了纣王。纣王一高兴就把姬昌放了。原文是：

> 文王拘羑里，散宜生之西海之滨，取白狐青翰献纣，纣大悦。（《尚书大传》）

散宜生至吴，得九尾狐，以献纣也。（《幽通赋》注）

有说是在西海的，也有说是在吴的。而且，青翰是青色的野鸡，白狐和青翰被一同献给纣王，说明故事里已经有了九尾狐狸精和九头雉鸡精的影子。

先秦两汉的九尾狐故事还有一些。九尾狐在当时算珍禽异兽，顶多是觉得有些神异，并没有妖魔的意味在里面。否则，散宜生献给纣王狐狸，何以能赎回姬昌呢?

但是，狐狸的生活习惯很诡异，比如喜欢打洞、住在坟地等，这就给人一种神秘的感觉。所以它成为瑞兽的同时，另一些人也把它当作妖兽。汉代就出现了妲己拖着一条长尾巴的画像石[1]。南北朝时期，妲己是九尾狐变身的故事已经进入童蒙读物《千字文》中：

一入朝歌，捉得纣，杀之。捉得妲己，付与召公，令杀。召公见其姿容端正，一叹而百美，不忍杀之。留经一宿，太公谓召公曰："纣之亡国丧家，皆由此女，不杀之，更待何时！"乃以碓剉之，即变作九尾狐狸。[2]

妲己是九尾狐所化，迷惑纣王以致亡国的故事，虽然历朝历代都有人讲，但大体上差不多，只是详略有别。

然而九尾狐就像某些传统一样，一方面有人拼命"黑"，另一方面又有人拼命"粉"。它作为瑞兽的传统居然也没有消

1　姜生《狐精妲己图与汉墓酆都六天宫考》。

2　日本京都大学图书馆藏北朝李暹注《纂图附音增广古注千字文》。

失，甚至记载各种祥瑞的《瑞应图》里还说：

> 九尾狐者，六合一同则见。文王时，东夷归之。一本曰：王者不倾于色则至。

这可太让人“精分”了。一方面，在民间传说里，九尾狐会变成美色，专门迷惑昏君；另一方面，怎么又有人说它是一统圣主、远色明君的标志性瑞兽呢？

而且从汉代到南北朝，史书上屡屡记载各地经常出现九尾狐，甚至向皇帝进献九尾狐，谁敢保证哪只九尾狐不变成亡国妖姬呢？但还真不是，皇上就是喜欢。比如：

> 汉章帝元和中，九尾狐现郡国。
>
> 魏文帝黄初元年十一月甲午，九尾狐见甄城，又见谯。
>
> 正光三年八月，光州献九尾狐。
>
> 天平四年七月，光州献九尾狐。
>
> 兴和三年五月，司州献九尾狐。
>
> （太和）十年三月，冀州获九尾狐以献。
>
> ……

这都是正史里当作真事来记的，而且皇帝似乎对这些九尾狐基本上认可或嘉许。这其实说明了一点：我们今天以为妲己是狐妖的故事脍炙人口，但在古代其实未必有那么流行，因为它并没有影响到九尾狐的祥瑞属性。这也让我们重新认识到，传统是非常复杂的。

不过，这又带来了一个新问题：献给皇帝的这些九尾狐到底是什么动物？现实中怎么可能有这样的狐狸呢？换句话说，就算真有这样的动物，那这九尾狐的“九尾”，是怎么长在屁股上的呢？

其实我们找来汉代画像看一看就可以知道，当时人心目中的九尾狐仍然是一根尾巴，只是尾巴上的毛分了九个短短的叉。说实话，这种情况狗里面也有，只要尾巴湿了或者脏了，毛一绺一绺的，或者在献给皇帝之前薅几下，一只“九尾狐”就出现了！

所以，各地献给皇帝的九尾狐很可能就是普通的狐狸，只是尾巴长得有点变异，或者干脆就是毛脏了，分了叉，不能像孔雀开屏似的一大坨。这样的狐狸没处找！

这种对九尾狐的认识大概延续了几百年。但是，纸里包不住火，这种冒充的九尾狐，人们毕竟是会对它失去兴趣的。总不能这一两千年全都看脏尾巴狗吧？

这个问题到了明清时，又发生了一些变化。比如小说《狐狸缘全传》：

> 却说此山有一嵯岈古洞，因无修行养性的真人居住，洞内便孳生许多妖狐。有一只为首的，乃是九尾玄狐，群妖称他作玉面仙姑。

> 大凡狐之皮毛，都是花斑遍体，白质黑章，取其皮，

用刀裁碎，便作各色的皮裘……这嵯岈洞九尾玄狐就是黑色，股生九节尾，乃是九千余年的道行，将及万载，黑将变白，因先从面上变起，故名曰玉面。

这段话很有问题！因为我们常见的狐狸，通常毛色呈红褐色、灰色或白色。这里忽然来了一句，“大凡狐之皮毛，都是花斑遍体，白质黑章”，明显违背常识啊。作者为什么展示了对狐狸的这样一种认识?

我们通常说的狐狸，是指犬科动物中的狐亚科。在这个亚科里，一共有七个属：狐属、北极狐属、灰狐属、大耳狐属、伪狐属、食蟹狐属、貉属。而家族中最庞大的，就是狐属。狐属有十个种：孟加拉狐、阿富汗狐、南非狐、沙狐、藏狐、苍狐（淡沙狐）、吕氏狐、草原狐（敏狐）、赤狐、耳阔狐。这里面也没有“花斑遍体，白质黑章”的。

而《狐狸缘全传》里反反复复说这只狐狸“生九节尾”，所以才叫“九尾妖狐”，特别点出了这“狐狸”的尾巴是分一节一节的，这就是民间对“九尾狐”的认识！

这还真不是一个孤例，明代王同轨的《耳谈类增 · 竹围狐妖》里也有类似的记载：

尾节有十三，盖数百年狐也。

又如其他的古书：

狐尾九节，击石出火。（《禽虫述》）

九节狐、赤狐、黑狸……（《析津志》）

有九节狐，其尾九节，肾即麝也。（道光朝《遵义府志》）

这些都是专门讲动物的专著，或者记载当地物产的地方志。虽然那时候还没有科学的分类法，但是对外形的描述基本上是准确的。

其实，所谓的“九节尾”，就是尾巴上有一节一节的环状花纹。很多中小型哺乳动物的尾巴上都有环状花纹，比如环尾狐猴。而《遵义府志》中“有九节狐，其尾九节，肾即麝也”的记录更提醒了我们，这种动物是带有香腺的！《禽虫述》又说“狐尾九节，击石出火”，说明这种动物身上是经常带静电的。

随着文献的搜集，这种动物的各种信息逐渐勾勒出了它的轮廓：“花斑遍体，白质黑章”，长有香腺，尾巴上有环状花纹，经常带有静电。这种动物是什么？

答案已经呼之欲出了，这就是大灵猫！

大灵猫俗名麝香猫、九江狸、九节狸、灵狸，属于灵猫亚科灵猫属。大灵猫有棕褐色体斑，尾具黑白相间色环，肛门下方具芳香腺囊。

古人对动物分类不是那么严格，也不大区分猫科动物和犬科动物，尤其是面对一种罕见物种时。所以，我们去犬科的狐亚科找“九节狐”是徒劳无功的。

古人习惯把大灵猫喊作“九节狐”，其实它最常用的名字是“九节狸”，这在南方各种方志里有很多记载。比如：

九节狸皮，十张。（《八闽通志》）

九节狸皮，三十五张。（《八闽通志》）

休宁县……活九节狸一十二只。（《徽州府志》）

这种动物活动隐秘，长相特别，被不太熟悉的人当作神物是很正常的。而它身体自带的香气，更加重了它的神秘感。

明代万历年间盛行一种邪教叫“闻香教”，又叫“东大乘教”，教主王森自称曾救了一只“仙狐”，仙狐自断其尾，赠给王森，有异香，信众多能闻到。王森的香，可能就来自大灵猫的香腺。

更关键的，大灵猫这位“萌货”和其他猫咪、老虎不一样的地方是，天生长得嘴巴比较长，尾巴较大——明明是猫，冒充什么犬科动物！难怪古人见到它，会认为它是狐狸的一种了！

第七章　太公辅周

约前1060—前1040年

如果说《封神演义》有“男一号”的话，应该是姜子牙。

根据《史记·齐太公世家》的记载，姜子牙出生在东海之滨，姓姜，名尚，字牙。因为祖上封在吕地，所以以吕为氏，又叫“吕尚”。遇到文王后，又被称为“太公望”，民间喊他“姜太公”。这本书因为和《封神演义》有关，所以还是通称他“姜子牙”。

姜子牙出世时，家境已经败落了。他结过婚，但是被妻子“休”了，从家里赶了出来，所以《说苑·尊贤》说他“太公望，故老妇之出夫也”。这就是《封神演义》里他和扫帚星马氏结婚又离婚的故事原型。这事倒也不丢脸，因为齐地风俗，女性地位很高，女子充当户主、主持家政的很多，到了春秋战国时还如此[1]。倒是《封神演义》因为产生于明代，夫权思想极重。所以马夫人想离婚，还得向姜子牙索要休书。姜子牙如果不同

1 顾颉刚《由“烝”、“报”等婚姻方式看社会制度的变迁》。

意，马氏就没办法。

后来姜子牙跑到朝歌干过营生，杀牛卖肉，也开过酒店卖过酒，在棘津的旅馆做过一段时间的店小二（“迎客之舍人”）。再后来，他离开棘津，来到了西岐，在磻溪（今陕西宝鸡境内）定居下来，每天就在河边垂钓。

《封神演义》讲姜子牙钓鱼的时候，遇到了樵夫武吉，两人在水边聊天。武吉见姜子牙半天没钓上来鱼，就拉起姜子牙的鱼钩来看，发现鱼钩是一根针，也没有鱼饵，就哈哈大笑，说姜子牙不懂钓鱼。姜子牙回答说：

> 宁在直中取，不向曲中求，不为锦鳞设，只钓王与侯。

这四句自然说出了他心中所求：钓鱼只是一个幌子，真正的目的是吸引真命天子来注意他。

大多数史书也是这样理解的，所以司马迁在《史记》里说他：

> 吕尚盖尝穷困，年老矣，以渔钓奸周西伯。

如果不熟悉古汉语，会被这句话引出关于这两个老头的无限遐想。其实“奸”就是“干”，读音是 gān，干谒、求谒的意思。作不正当关系解的那个“奸”字，繁体写作“姦”。后来的简化字把这两个字统一成了一个字形。孔子周游列国，“以奸者七十二君”（《庄子 · 天运》），是说他干谒了许许多多诸侯，希望实行他的政治主张，并没有别的不可描述的意思。

但在民间传说里，姜子牙并不是一开始就用直钩钓鱼的。

汉代《说苑》记载，姜太公一面钓鱼，一面暗暗观察文王施政的情况。但他也需要靠钓鱼谋生。大概是技术实在太差了，钓了三天三夜，他一条鱼都没有钓上来。姜子牙竟然怒了：“上不来没关系，我下去！”便脱光了衣服，下水去摸鱼，这就有高英培相声《钓鱼》的即视感了。

姜子牙摸了半天，也没摸上来一条鱼。上游来了个农民，教了他钓鱼的正确方法，比如用香油做鱼饵，要轻轻抛钩之类。姜子牙按他教的做了，一竿甩下去，就钓上来一条大鱼，剖开鱼肚一看，里面有五个大字：“吕望封于齐。”

这是比较早的一个姜子牙钓鱼的故事。到了《列仙传》里，这个故事又不一样了。这次鱼肚子里是一本兵书，里面写着各种行兵打仗的兵法，都被姜子牙学了去，他的学问都是从鱼肚子里来的。

随着传说的变化，姜子牙钓鱼的时间越来越长。《说苑》里面是“三日三夜”，《列仙传》里是“三年”，晋朝《苻子》说是“五十六年”。姜子牙钓鱼的目的，也从正常的钓鱼变成了钓王侯、钓兵书。

到了唐代，就出现了“直钩钓鱼”的故事。晚唐诗人卢仝有诗云：

> 初岁学钓鱼，自谓鱼易得。三十持钓竿，一鱼钓不得。人钩曲，我钩直，哀哉我钩又无食。文王已没不复生，直钩之道何时行。

在这里，“直钩”其实是一种文人意象。过去人们认为文人处世应该“直”，不能“曲”，所以汉末就有一种说法，“直如弦，死道边；曲如钩，反封侯”。这是在说世道的不公。有风骨的文人对行事之直非常看重，所以卢仝说，他宁愿用直钩，宁愿钓不上来鱼。这种文人说法传到了民间，就影响了民间的故事，这才有了直钩钓鱼的故事。

姜子牙装模作样地钓了没多久的鱼，就赶上西伯侯姬昌出来打猎。西伯和他一谈，认为他是个奇才，就说：“自从我国先君太公就预言，将来有位圣人会来到此地，周会因此兴旺，说的就是您吧？我们太公盼望您已经很久了。”于是称姜子牙为“太公望”，二人一同乘车而归。[1]

所以，虽然姜子牙岁数也不小了，但这个“太公”并不是指他，而是指文王的爷爷古公亶父。“姜太公”并不是“姜家老爷爷”的意思，而是“一个被姬家老爷爷盼望的姓姜的人”。就像有些家庭重男轻女，给女孩起名“招弟”“来弟”，但她自己并不是“弟”。

名画《富春山居图》的作者、元代画家黄公望也是这么取的名字。他原姓陆，被一户黄姓人家收为养子。这位黄老爷子一生无儿，但收养子的条件又很苛刻，必须是聪明漂亮又大方，等了好多年都没有等到满意的。直到九十岁时，终于见到了这个陆家的孩子，大喜之下说了一句：“黄公望子久矣。”于是给这孩子改姓黄，名公望，字子久。

---

1 《史记·齐太公世家》：“周西伯猎，果遇太公于渭之阳，与语大说，曰：‘自吾先君太公曰：“当有圣人适周，周以兴。”子真是邪？吾太公望子久矣。’故号之曰‘太公望’，载与俱归。”

周文王发现姜子牙的过程，也有一段戏剧性的故事。《封神演义》说，有一天，周文王正在灵台休息，梦到东南方有一只白额猛虎胁生双翅，朝着周文王的床扑了过来，一声响亮，火光冲天，周文王就惊醒了。

第二天，周文王对散宜生说了这个怪梦。散宜生赶紧道喜："虎生双翅，就叫'飞熊'。商高宗武丁梦见了飞熊，得到了贤人傅说，后来傅说成了商朝非常有名的宰相。这个梦也预兆您会得到一位栋梁之才，咱们大周兴盛有望。"周文王觉得不错，决定出城一趟，一面打猎，一面寻访高人，这才发现了姜子牙。

但是，虎生双翅应该叫"飞虎"啊，为什么叫"飞熊"呢？

《封神演义》说的这个故事，基本上和历代流传的差不多。这也是姜子牙道号"飞熊"的来历——其实只是个讹传，说破了不值半文。

古书中说，周文王在打猎前，占卜了一下自己打猎的结果，显示"有大获"，就是会有大的收获。

> 卜田渭阳，将大德焉。非熊非罴，非虎非狼。兆曰："得公侯，天遗汝师，以之化昌，施及三王。"（《六韬》）

> 太公望以渔钓奸周，西伯将出猎，占之，曰："所获非龙非虎，非熊非罴；所获霸王之辅。西伯果遇太公渭滨。"（《文选·答宾戏》注引《史记》，今本《史记》与此略异，也有写作"非熊非罴，非虎非貔"的）

不是龙，不是老虎，不是熊，不是罴（人熊），那是什么呢？是帝王之师、霸王之辅。

所以，后代经常用“非熊非罴”这几个字，代指文王得到了姜子牙。但是古人喜欢“断章取义”，就把“非熊”两个字提出来，比如李白的《大猎赋》里有两句：“获天宝于陈仓，载非熊于渭滨。”这是把“非熊”当成一个名词提出来了，就像第一章说过的“有截”和“于飞”一样。

因为姜子牙很有名，提到姜子牙就会提到“非熊非罴，非虎非貔”，这就是四“非”。后来简化为两“非”——“非熊非罴”，再后来简化成“一非”——“非熊”。古人写诗也需要精炼，比如宋人有一句诗，“丝纶不入非熊梦，当日何人老渭滨”（方信孺《钓台》），他总不能说“丝纶不入非熊非罴非虎非貔梦”吧。

文人墨客还懂得这个意思，到了民间可就麻烦了。老百姓没有读过《六韬》《史记》，他也不知道“非熊”是什么意思，也不管“非”是哪个“非”，就说姜子牙是“飞熊”。所以从宋朝开始，民间文学里讲到姜子牙，就出现了“飞熊”的说法。所以《武王伐纣平话》里说：

> 却说西伯侯夜作一梦，梦见从外飞熊一只，飞来至殿下。文王惊而觉。至明，宣文武至殿，具说此梦。有周公旦善能圆梦。周公曰：“此要合注天下将相大贤出世也。梦见熊，更能飞者，谁敢当也？”

后来到了《封神演义》就变成了“飞虎”，又强行说长着翅膀的老虎就叫“飞熊”，这就更扯远了。

甚至连投奔西岐的“武成王黄飞虎”，也是这么来的。因为“武成王”本来是姜子牙的封号：唐肃宗上元元年，追封太公望为武成王。《封神演义》为了情节丰富，人物众多，竟然另外创造了一个“武成王”。而他的名字“飞虎”，仍是从“非虎非貔”的“非虎”（飞虎）取来的。

所以，这等于说，周文王梦见了黄飞虎，碰上了姜子牙。

乱不乱？乱就对了。

所以，《封神演义》是很民间化的文学，民间的东西非常形式化、非理性，它不需要什么逻辑，只要是相关的东西，都有可能扯到一起。

而且民间文学还会反过来影响文人文学，比如元朝人张鸣善写散曲《水仙子》，“说英雄谁是英雄？五眼鸡岐山鸣凤，两头蛇南阳卧龙，三脚猫渭水飞熊”，就用了民间的“飞熊”，这是文人又受了民间的影响。

至于姜子牙骑“四不相”，也和这个“四非”有关。《封神演义》里姜子牙碰上王魔、杨森、高友乾、李兴霸四圣，发现他们骑着四头怪兽，自己的马不行，见了怪兽就害怕，也打不过他们，只好上昆仑山求元始天尊帮忙。原文是：

> 元始吩咐：“命来。”子牙进宫，倒身下拜。元始曰：“九龙岛王魔等四人在西岐伐你。他骑的四兽，你未曾知道。此物乃万兽朝苍之时，种种各别，龙生九种，色相不

同。白鹤童子，你往桃园里把我的坐骑牵来。”白鹤童儿往桃园内，牵了四不相来。怎见得，有诗为证：麟头豸尾体如龙，足踏祥光至九重。四海九洲随意遍，三山五岳霎时逢。

童儿把四不相牵至。元始曰：“姜尚，也是你四十年修行之功，与贫道代理封神，今把此兽与你骑往西岐，好会三山、五岳、四渎之中奇异之物。”

于是，姜子牙从此骑上了“四不相”，后来也写成“四不像”。

“四不相”到底是什么东西呢？有人说：这题我会，那是国宝，就是麋鹿，这种动物似鹿非鹿，似马非马，似牛非牛，似驴非驴，犄角像鹿，脸像马，蹄子像牛，尾巴像驴。

在北京的南海子一直养着麋鹿，这是清朝皇帝养的，用来打猎。1865年，法国传教士兼博物学家阿芒·戴维来到北京，发现了这种奇特的动物，将它传到欧洲。此后几十年间，晚清社会动荡不安，麋鹿种群渐渐衰落，很多活体被运出中国，流向西方。直到新中国成立后，才渐渐恢复了这个种群。

为什么姜子牙其他神兽不骑，非得骑“四不像”呢？其实，这个和麋鹿还真没有什么关系。因为姜子牙“非熊非罴非虎非貔”，当然就是“四不像”。

既然这个人都是“四不像”了，坐骑也找一个“四不像”就得了。生活中有这种“非鹿非马非牛非驴”的动物，正好给姜子牙配上！这就是老百姓的思维方式——等于姜子牙自己骑自己。

当然，骑一头这样的鹿显不出神奇来，那就干脆写得玄乎点儿："麟头豸尾体如龙"，其实写来写去，原型还是"四不像"麋鹿。

所以，"飞熊"的故事是民间影响了文人，"直钩"的故事又是文人影响了民间。我们古代的文学，就是在民间和文人的互相影响下不断发展的，它们互为补充，互为灵感，互为素材。

第二章中说过，姜子牙可能和周族早有渊源，所以一到周文王这里，立即受到了信任。《尚书大传》记载：

> 散宜生、闳夭、南宫适三子者，相与学讼于太公。太公见三子，知三子之为贤人，遂酌酒切脯，除师学之礼，约为朋友。

散宜生、闳夭、南宫适曾拜姜子牙为老师，学习法律。而姜子牙和文王一起，开始"阴谋"推翻商政权：

> 周西伯昌之脱羑里归，与吕尚阴谋修德以倾商政，其事多兵权与奇计，故后世之言兵及周之阴权，皆宗太公为本谋。（《史记 · 齐太公世家》）

也就是说，姜子牙从一登上历史舞台，就突然使出各种"阴谋"。他一个穷老头到底有什么根底呢？

《孙子兵法》里有一篇"用间"，讲使用间谍的办法，里面有这么一句话：

> 昔殷之兴也，伊挚在夏；周之兴也，吕牙在殷。故惟明君贤将，能以上智为间者，必成大功。

这段话说，商朝的开国功臣伊尹是一个大间谍，潜伏在夏都搞地下活动。周朝的开国元勋姜子牙也是一个间谍，潜伏在殷商搞地下活动。朝歌是他必去的地方，在那里一边杀牛一边搜集情报很正常。他在孟津卖过酒。翻开地图可以知道，孟津是殷商的战略要地，扼守着东进的最后一道关卡，是武王伐纣大军的必经之路。姜子牙别的地方不去，非得到这儿卖酒?

所以有人猜测，姜子牙在商地的工作经历，有可能都是作为间谍活动，甚至就是周文王指使的。这不是没有道理的。所谓渭水钓鱼，如果真有其事，我宁愿相信这是掩人耳目。

周文王死后，武王即位，尊称姜子牙为“师尚父”，并发兵伐纣。发兵前，突然狂风暴雨，武王占卜了一课，卦象很不吉利。当时的人都相信这个，大臣们劝武王别动身了，只有姜子牙力排众议，坚持出兵。别看《封神演义》把他写成一个道士，历史上的姜子牙其实是实干家，是不信这种神秘力量的。

然而当时的人们又普遍迷信，所以实干家非但不会相信神秘力量，反而会利用它。汉代王充的《论衡》里记载了一个传闻:

> 武王伐纣，太公阴谋食小儿以丹，令身纯赤，长大，教言殷亡。殷民见儿身赤，以为天神，及言殷亡，皆谓商灭。

大意是说，姜子牙为了散布恐慌情绪，秘密养了一个小孩，从小喂他红色的颜料吃，慢慢地，他的全身皮肤发红。长大后，就教他散布“殷商要灭亡”的各种传言。这小孩去殷商到处游荡，满嘴神神叨叨。殷商老百姓看见这人浑身通红，以为是天神下凡了。“小红人”的传说一传十，十传百，于是民心动荡，以为命中注定要亡国，武王就趁机打了过来。

然而从物色小孩到养大成人，再到散布谣言成功，这个工作有那么容易吗？至少得二十年吧？如果这件事是真的，更说明姜子牙早在渭水钓鱼之前就有“阴谋”灭商的计划了，而这个计划怎么可能没有周王方面的支持呢？

然而这件事“细思极恐”：这个孩子完成任务后怎么样了呢？是长期服用药物中毒而死，还是被殷商官府抓去处死了？或是事成之后被姜子牙秘密杀害？传闻没有说，但有一点是可以确信的：他不可能继续留在这个世上。

越是不信神秘力量的人，越能利用神秘力量。然而，越是这种人，民间越喜欢把他也神秘化。本来不信神而获得了力量的人，反而被捧上了高高的神坛。这种魔幻的“大反转”在历史上不停地发生着。

民间很早就开始了对姜子牙的神化。在托名姜子牙所作的《六韬》中，有这么一个故事：

> 武王伐纣，雪深丈余，五车二马，行无辙迹，诣营求谒。武王怪而问焉。太公对曰：“此必五方之神来受事耳。”遂以其名召入，各以其职命焉。既而克殷，风调雨顺。

这五辆车上坐的就是五方神，前来接受姜子牙的派遣。灭商之后，五方神就保佑周朝风调雨顺（这还成为四大天王分管“风、调、雨、顺”之说的一个可能的来历）。

类似的故事越来越多，前来听命的众神还包括东西南北四海之神、河伯、风伯、雨师、祝融……姜子牙成了驱遣众神的凡间代理人。这就成了“姜子牙封神”的早期故事原型。

武王灭商之后，封姜子牙于齐。他在齐国“因其俗，简其礼，通商工之业，便鱼盐之利，而人民多归齐，齐为大国”，更显出他作为一个实干家的人设。但他的决断也不是百分之百正确。

商朝灭亡后，商地还留下了大量的遗民。当时的周人还没有实力控制他们。在对待殷商遗民的问题上，姜子牙和召公、周公发生了争论。

姜子牙说：“一个不留，通通杀掉。”

召公说：“有罪的杀掉，没罪的放了吧。”[1]

周公急忙说：“哎呀，不行不行。纣王是首恶，已经得到了惩罚。剩下的老百姓有什么罪过？还让他们该种田种田，该过日子的过日子。”

最后，武王还是采用了周公的意见，维持殷人的制度大体不变。在这一点上，周公是有智慧的。要是听了姜子牙的，非得激起民变不可。

姜子牙身上还有一个故事。他被封在齐国，周公封在鲁国，两人讨论治国大计，姜子牙说：“应该重用有能力的人，奖励

1 《尚书大传》。

有功劳的人。”（尊贤上功）周公却说：“应该亲族和睦，崇尚恩德。”（亲亲上恩）

姜子牙看了看周公，摇摇头说：“搞这些用不着的，你们鲁国强大不起来了。”

周公旦笑了笑，回敬了一句：“鲁国虽然强大不了，可是一定传得长远。你们老姜家半路上就得丢了江山！”

两人不欢而散，各自在国内推行各自认可的政策。这番谈话后来果然应验了：齐国渐渐国富兵强，要钱有钱，要人有人，春秋时期就当了霸主。鲁国一直是个小国，天天挨齐国欺负。

但是，公元前 481 年，田成子把持了齐国朝政，又经四世，进入战国时代后，田氏正式取代了原来的“姜齐”，史称“田齐”。姜子牙的后代被屠灭殆尽。

鲁国虽然一直病病歪歪的，但在战国七雄的夹缝里居然摇摇晃晃，一直不倒。直到战国晚期的公元前 256 年，才被楚国灭掉。这离秦始皇统一六国只有 35 年了。

所以，是不是在富国强兵、争名逐利之外，另有一种精神的力量呢?

第八章　武王伐纣

约前 1049—前 1043 年

终于说到了武王。

武王其实捡了个大便宜，他不需要那么艰苦地创业。他虽然完成了翦商大业，但与其说他是一个开辟者，倒不如说他是一个继承者[1]。经过古公亶父、季历、文王三世的经营，周已经“三分天下有其二”，剩下的问题就是如何顺顺当当拿下“大邑商”了。

然而，且慢，还有许多问题没有解决。

第一是周朝的军事实力到底如何？周朝的军队是不是有了压倒性的优势？虽然三代经营，招纳了无数诸侯，但那些人是靠不住的。他们跟着周人溜边勾缝地捡洋落儿行，但真正的攻坚主力还得是周人自己。

但是周人一共才多大地盘呢？只不过是今天陕西关中平原

1 《孟子》：“《书》曰：‘丕显哉，文王谟！丕承哉，武王烈！’”

这点地方。春秋时，方圆百里的国家约有五万劳动力[1]。周的地盘大概从今天的陕西宝鸡到西安，大概相当于三个方圆百里的小国。扣掉从商末到春秋时期生产力的发展，可以算作十万劳动力。这些人还得留一半在后方，不能全带上前线。满打满算，只能带五万人出征。而且因为孤注一掷，只能成功，不能失败。

而“大邑商”的人口比“小邦周”多得多，又是以逸待劳。那时候虽然还没有“强弩之末”这个成语，但凭常理也能看出来，这样的军事行动是极为冒险的。

第二是商朝高层的执政能力到底怎么样？殷商老百姓对纣王的支持率有多高？虽然先前安插了各种眼线，但毕竟还是不摸底。

第三是老爹、老爷爷、老祖宗收降的这些诸侯到底靠不靠谱？别口头上说得好好的，到时候给我掉链子。掉链子先不说，别给我背后捅刀子，那可受不了。

于是，武王九年时，把大军开到盟津（今河南孟津），举行了一次大阅兵。《史记》中说“诸侯不期而会盟津者八百诸侯”，这当然有点儿夸张，但也说明武王在诸侯心目中的地位已经很高了。

大家劝武王：“打墙也是动土，来都来了，就干脆打过去吧。”武王的回答很有意思：“汝未知天命。”

1　《商君书·徕民》：“地方百里者……以此食作夫五万。”

谁知道天命呢？要看天意。那么天意在哪里呢？你们这些诸侯别忙着走，就有得看。

所以，武王在盟津的时候，发生了几起灵异事件。

先是武王过黄河的时候，有一条白鱼从黄河里跳出来，跳到了龙舟里。武王就捡了起来，用白鱼祭天（《封神演义》里说把这条白鱼煮了吃了）。

过河之后，当天晚上又发生了一件怪事。据说天上掉下一团火，掉在武王寝宫的屋顶上，然后变成一只红彤彤的火乌鸦，叫声震天动地，“其声迫云”。

这两件事很有意思。因为古代有一种“五德终始说”，认为每一个王朝都属于五行中的一行。商朝人认为自己属金，是金德，配五色里的白色，所以穿白衣服，用白牛白马白羊祭天。所以，白鱼可以说是殷商的代表。但是，白鱼离开了水，跳到了敌人的船里，而且还被敌人吃了，这正是商朝人要成为周朝人鱼肉的象征。

而正好五行中火克金，周朝自认为属火，是火德。所以白鱼自投罗网，上天降下火鸦，正是金德将衰、火德将兴的预兆。

但是这两件事到底是不是真的呢？在我们今天的人看来，白鱼跃舟不是没有可能，但天降火鸦可就太侮辱智商了。

但是别忙，那可是三千年前，人们普遍信奉天意（包括后文中武王也是如此）。但天意是可以被“创造”的。比如说，可以安排水性好的人潜到河里，扔一条白鱼上来，这不就是白鱼跃龙舟吗？或者找只乌鸦，身上浇上油，点着了，趁半夜扔到武王宫殿的顶上，这不就是天降流火，化为赤鸦吗？烧得吱哇乱叫，那还不"其声迫云"吗？反正当时没有智能手机，也没有摄像机，诸侯们看见了，哄传一会儿也就完了，谁敢爬上房顶去查看？

结合上一章姜子牙秘密养小红人的"画风"，就知道这不是不可能的。就算武王想不到，姜子牙也会鼓捣出来。其实，武王就算从头到尾不知道内幕，也没关系。

这两次灵异事件还造就了一位书法家，这就是周太史尹佚。尹佚看到白鱼，从鱼的形状受到启发，创造了一种字体，叫"鱼书"；晚上又看到了火鸦，从乌鸦的形状受到启发，创造了一种字体，叫"鸟书"[1]。这两种字体极不好认，总之，我们知道它能让人觉得很"高大上"就行了。

所以，武王这次出兵，举行阅兵式，建立威信当然是目的之一，导演几出"特效戏"恐怕也是必不可少的。

又过了一年，殷商那边又传来一些消息：先是重臣比干被纣王剖了心，箕子被关了起来，然后就有不少大臣跑到西岐这边来。

首先是太师疵、少师彊抱着祭器、乐器跑来了。这些东西别看不能当吃、不能当喝，却是国家的象征，就相当于今天的国徽、国歌被人拿走了。

---

1 宋陈思《书小史》卷一。

后来，内史向挚把商朝的图录、法典装了好几车，偷偷拉了过来。这可更是好东西，相当于掌握了商朝的“大数据”。这件事真让武王高兴了好一阵子，他逢人就说：“守法之臣，出奔周国。”说明商朝真的乱了。

然后又来了一位辛甲（就是《封神演义》里大战四大天王的大将辛甲），他本是纣王的臣子，大概十分执着，天天去纣王面前劝谏，足足谏了七十五回，纣王还是不听，他只好来投奔周朝。

投奔周朝的殷臣越来越多，就像雪崩了一样。而且，在朝的那些大臣们，如胶鬲、微子，都纷纷私下前来联络，表示要做“带路党”。他们倒不是希望推翻商朝，而只是想借周人的力量把纣王赶下台，有点像吴三桂借清兵的意思。武王似乎也答应了他们，把纣王赶下台后，还让他们当政。[1]

武王知道，商朝的外患也很严重，攻打东夷消耗了相当多的兵力[2]，而且西北的许多部族（如鬼方）也不消停，经常入境骚扰。“大邑商”西边的防守形同虚设。

终于，武王认为，时机成熟了。但他还不放心，就把姜子牙叫来，问他：“今可伐乎？”姜子牙回答得十分干脆：

> 臣闻之，知天者不怨天，知己者不怨人。先谋后事者昌，先事后谋者亡，且天与不取，反受其咎；时至不行，反受其殃。（《太公金匮》）

---

1 《逸周书・武寤解》：“王不食言，庶赦定宗。”

2 《左传・昭公十一年》：“纣克东夷，而陨其身。”

先下手为强，后下手遭殃，该得着就得着。于是武王下定决心，率大军东征。

但是，武王东征可能并不是像我们想的那样，由武王和姜子牙登上帅台，一声令下“走哇！”于是浩浩荡荡地出征了。

事实上，伐纣大军有可能是由某个将领率领先出发，武王从后面赶上来，再在洛（今天的洛阳附近）这个地方会齐。因为大部队带着辎重走得慢；武王只带少量人马，轻车简从走得快[1]。

公元前 1047 年 10 月 16 日（周历十一月戊子），大军开拔，沿着渭河河谷一路东行（大致相当于今天的 G30 连霍高速），第一站来到了潼关。过了潼关之后，沿着崤函古道[2]继续东行。这一段道路崎岖，应该是最艰苦的行军[3]。好在这一带的诸侯，到文王的时候已经扫平了。大军到了洛，稍事修整。

两个月后，公元前 1047 年 12 月 20 日（周历一月壬辰），武王这才从镐京出发，前去与大军会合。公元前 1046 年 1 月 2 日（周历二月丙午），武王到达洛（今河南洛阳），举行誓师。1 月 14 日（周历二月戊午），到达盟津，大会诸侯。武王再一次誓师，发表了《泰誓》，宣布“今予发惟恭行天之罚”。

奉天命讨伐，是他最重要的理由。看来，无论是他自己，还是各路诸侯；不管是臣服于武力，还是景仰于神迹，都已经

---

1 《商代史》卷九《商代战争与军制》中提出此观点。

2 绵延于今河南三门峡、渑池、新安之间。

3 大军先行的目的，大概就是不想让武王长时间受这个罪。

认为天命掌握在武王手中了。

武王说“恭行天罚”，既然天命可以转移，可以解释，那么谁都可以说天命在我，只要故事足够可信，特效足够高级，比如陈胜吴广学狐狸叫，刘邦斩白蛇。“恭行天罚”这句话到了《水浒传》那里，就变成了“替天行道”，而且真的能从地下挖出一块刻字的石碑来。

至于武王伐纣的具体日期，不同的说法有四十多种，前后相差一百多年。我们的教科书上写的是公元前 1046 年，虽然是一个权威说法，但也不是板上钉钉。因为这个数字是从各种史料、出土文物、天象记录中综合判断出来的，但并不是无懈可击。当没有新的材料出现的时候，我们暂时选中这个作为最佳答案，而不是正确答案，包括本文中提到的各个行程日期也是这样。

武王渡过了黄河，然后北上。经过邢丘[1]时，突然咔嚓一声脆响，武王的车轭断成了三截（这应该确实是一场事故），没办法，车队只好住下。哪知道天降大雨，连下三天不停。

实际上，武王出兵的路上还碰上了许多倒霉事：发兵的那天就是个凶日（出行择日这个习惯倒是三千年没变）。一路向东走，又一直迎着东方天空的岁星（木星）行军，当时认为这是冲犯了木星，对征战不利。等到了汜水，汜水河发大水。后来到了怀地，又赶上洪水泛滥。经过共头山时，山突然崩了。而且，天上还出现了彗星，据占星家观测，是对殷商有利、对

1　今河南温县以东 15 千米的北平皋村。

周人不利的。

对三千年前的人来说，这些接二连三的打击真是打哈欠扭腰，打喷嚏岔气，吃糖饼烫后脑勺，放个屁把脚后跟崩了。

武王就算真的玩过扔白鱼、烧乌鸦的游戏，这回恐怕也怕了。他召见姜子牙问道："天意如此，先不要进兵了吧？"

姜子牙说："没关系，车轭断为三截，说明我们要兵分三路。大雨三天三夜不停，这是老天爷要把我们的兵器洗干净，好打仗啊。"[1]

这个解释很漂亮，完美地消除了武王的心理阴影。

这就是古人对天意的解释。这个现象确实是"天意"，不是人为的，和嫌疑极大的白鱼、赤乌是两回事。但"天意"只是给你展示一种现象，什么左眼皮跳、猫头鹰叫、黄鼠狼闹、中军帅旗被风吹断掉……老天不会告诉你这是什么意思的，对现象的解释还是要靠人。

今天流行的解梦、星座、算卦也是这样。例如算卦，无论起卦有多少种方法，其中的游戏规则多么博大精深，"批四柱"也好，"紫微"也好，"遁甲"也好，这些都是不重要的，再复杂也只是游戏规则而已，甚至今天可以用计算机处理，最终还是要体现为一个"象"（卦象），一个"排盘"，一个"四柱"，一个供人观察的图形、数字或数字关系。

---

1 《韩诗外传》。

对这个卦象的解释权是最重要的，因为涉及求卜者的心思。假如姜子牙说“轭折为三”意味着周军会被商军击溃，溃散到三处，武王没准就撤兵了。他要是说“轭折为三”的意思是武王将被抓住斩成三截呢，他自己兴许就成三截了。

实际上，最熟悉敌我力量的当然是姜子牙。他既然这样解释这个天意，与其说他懂得天意，不如说懂得实际。

今天也有这种情况。今天的我们相信数据，但是，专业人员统计了多少样本，呈现给我们多少图表，使用了多么先进的数据收集、处理技术——虽然这些任务很艰巨，涉及的具体技术很复杂——对公众来说却是不重要的。专家对这些数据的解读最重要。

因为数据太复杂，每个专家都可以根据“卦象”（或者说“表”象）做出自己的阐释，分析未来的走向，甚至不同专家的分析还不一样。他们并不一定是故意如何如何，或者背后有什么利益集团在操纵。实际上，他们仅凭个人经验，往往可以做出完全不同的推断。因为每个人的经验不同，甚至胆识、性格不同，都会影响对未来的判断。

从这一点来说，我们也可以理解古人占卜的原理。古人信任天意，我们信任基础数据。如果基础数据足够多，足够细致，无所不包，无所不至，可以描述所有关系、所有变量，这岂不也等于天意了吗？无论哪一种天意，都需要人去解读。古人敬天，我们尊重数据，但面对天意时，仍然要靠人类自己。

武王不再犹豫了，继续进兵，来到了怀（今河南武陟的古怀城），在宁（今河南获嘉）修整。然后继续上路，来到共头山（今河南辉县北），选马而进。一路上遇到大水、山崩，但什么都不怕了。

武王在戚地（也在辉县境内）吃了早饭，晚上住在百泉（今天辉县还有一个百泉风景区），次日继续进发，当晚到达牧野。从孟津渡河到牧野大战，一共走了六天，每天行军二十多千米。

《封神演义》说武王一路上攻陷了许多关口和城池，什么临潼关、穿云关、界牌关、青龙关、渑池县，还遇到各路神仙摆的阵法，什么诛仙阵、瘟癀阵、万仙阵，相当于一个个军事据点。但这也是后代人的想象，在当时是不可能出现的。

当时无论商、周还是其他小国，都是很分散的城邑，既没有边境线的概念，也没有像样的边防重镇。很多城邑也没有城墙（除了地势险要的崇国之类），容易打，不容易守。行军路上也是以荒地居多。所以，选择只有两个：要么跑去打人家，要么在自家门口等着。事实上，纣王早已得知了消息，但他并没有在半路上设兵阻截，而是在牧野摆开了阵势，严阵以待[1]。

“牧野”这个名字还为我们创造了一个“人气大神”，这就是《封神演义》里的“殷郊”。

武王伐纣时，与“带路党”胶鬲约定“将以甲子至殷郊”，意思是约好甲子日到达殷的郊外。后来路上碰上大雨，无法前行，下面一片反对，武王说我们已经约定好日子了，于是依旧

1　《吕氏春秋·贵因》：“武王果以甲子至殷郊，殷已先陈矣。”

强行军，终于“果以甲子至殷郊，殷已先陈矣”。武王继续进攻，终于灭商。

这个“殷郊”，就是“牧”邑之“野”。国都以外为“郊”，所以牧野也属于“殷郊”，“牧野之战”其实就是“殷郊之战”。

后来伐纣的故事越来越神，“殷郊”竟然成了一个人的名字，然后发展成姜皇后生了个肉球，被抛到郊外，所以叫“殷郊（一作交）”。而且上文说过，武王伐纣的路上还遇到了岁星。于是“殷郊”又和岁星、甲子这些天象元素结合起来，成了太岁神[1]，在半路上阻截武王。把“武王伐纣，东面而迎岁”发挥到这一步，真是万物皆可神，不得不佩服我们民间文学的“脑洞”。

根据史书的传统说法，有八百诸侯参加了灭商之战，但这肯定是夸张。在可靠的史料里，跟随武王伐纣的诸侯有八个：庸、蜀、羌、髳、微、卢、彭、濮，因为武王在牧野发表战前演说《牧誓》的时候提到了他们。这些小国基本上都是商朝的仇家，听到武王要伐纣，一个个欢呼雀跃地跟了来。

庸国在今天的湖北省。商朝不止一次攻打过庸国，并把战俘带回来杀掉，祭祀商王太戊[2]。

彭国位于今天的山西北部或陕北，商朝一次征伐，就抢走了彭国的三十座城镇[3]。

1　太岁是基于岁星运行想象出来的一颗虚拟的天体。

2　《合集》19834/4。关于这些方国的地理位置，学界还有很大的争议，这里只取其中一种说法。

3　《合集》7073 正 /1：取三十邑……彭、龙……

髳国在今天河南南阳西南的荆山和汉江之间，与商王朝为敌，武丁经常发兵讨伐它。髳国人似乎很难对付，武丁发兵前还要向祖先祈求保佑[1]。

和商朝最苦大仇深的，应该是卢国。

卢国原在四川，后来迁徙到湖北。卢国对商毕恭毕敬地称臣，一个叫“皆”的卢国国君一次就进贡了五件大玉戈[2]，每一件上都毕恭毕敬地刻上自己的献辞。

但这并不顶用，商王还是把卢国按在地上摩擦。商王甚至把卢国国君抓去砍了脑袋，并且用人头祭祀。有一次，商王为了求雨，杀了一个卢国国君，用他的头祭天[3]。还有一次，商王把另外一个卢国国君的头做成器具，还不嫌麻烦地在头骨上刻上：这是卢君的头[4]。

这简直是奇耻大辱！卢国人一听说武王伐纣，当然立即发兵助阵。

公元前 1046 年 1 月 20 日，周历二月二十二日，商郊牧野的晚上，黑压压地布满了双方的大队人马。商军已经先得到了消息，早早地在此布阵等候。周军虽然晚到，却也迅速摆开了阵势。虽然大军如乌云匝地，战场上却鸦雀无声。天上挂着一轮下弦月，洒下静静的寒光。

---

1 《合集》8417 正 /1。

2 殷墟妇好墓出土。

3 《合集》27041/3。

4 《合集》38763/5。

一方是武王，虎贲三千人，戎车三百五十乘，甲士四万五千人。各路诸侯助战的兵车共四千乘[1]，随车甲士不计其数。

一方是纣王，大军七十万，如森林一般望不到边际[2]。

乘时斗龙虎，连兵决雌雄，一场人类史上的旷世之战就要开始了！

烈火熊熊，武王左手拿着金色的巨斧，右手拿着白色的牦牛尾，登上战车，发布了战前动员令。这就是著名的《牧誓》。这篇演讲气势磅礴，三千年之后读起来，哪怕是翻译成现代汉语，依然让人感受到千古之上的壮烈：

> 各位！你们为了伐纣大业，从遥远的西方千里迢迢来到这里，你们辛苦了！友邦的国君们，执事的大臣们，司徒、司马、司空，亚旅、师氏，千夫长、百夫长们，以及庸国、蜀国、羌国、髳国、微国、卢国、彭国、濮国的勇士们，举起你们的戈！排好你们的盾！竖起你们的矛！我要发布誓词！[3]

武王宣布了纣王的罪状，宣布了战场纪律，鼓舞大家奋勇向前，随后把斧钺交给总指挥官姜子牙，命令他开始进攻。

牧野之战的战斗现场如何紧张激烈，如何撼人心魄，历史

1　周军和伐纣联军投入的兵力，历来说法不一，此据《史记·周本纪》。

2　《诗经·大雅·大明》：“殷商之旅，其会如林。”关于纣王一方的总战力，一说当时无法征集那么多军队，所以“七十万”应为“十七万”之误。

3　“逖矣，西土之人！”“嗟！我友邦冢君、御事，司徒、司马、司空，亚旅、师氏，千夫长、百夫长，及庸、蜀、羌、髳、微、卢、彭、濮人，称尔戈，比尔干，立尔矛，予其誓。”

学家不屑于描绘，他们只管记录冷冰冰的事实。这个任务交给了文学家和诗人，这就是《诗经 · 大雅》里周朝的开国史诗《大明》。

这首足以封神的神作，最后一段是这样写的：

> 牧野洋洋，檀车煌煌，驷骠彭彭。维师尚父，时维鹰扬。凉[1]彼武王，肆伐大商，会朝清明。

一望无垠的牧野战场，檀木战车光明鲜亮，西陲骏马铁蹄震响，师尚父太公望意气昂扬，像雄鹰一样在战场上翱翔，率领勇士猛攻向大商！

为什么说它足以封神？因为这首诗写得太漂亮、太高级了！通篇用尽了华丽丽的辞藻，说牧野如何广阔，战车如何精锐，战马如何雄壮，姜尚如何英武。

所以，我们会想，在如此费尽功夫铺陈，“肆伐大商”之后，当然该描写交战如何惨烈，万箭齐发，刀枪飞舞，血肉横飞，人喊马嘶，只杀得天昏地暗，日月无光。

或者根据史实这样写：姜子牙率一百名敢死猛士正面冲阵，三千虎贲直捣纣王中军，武王从侧面迂回包抄，七十万大军兵败如山倒，甚至有早就痛恨纣王的奴隶们掉转兵器，为武王开路……

哪知道，我们想错了！

---

1 通“亮”，辅佐。

我们按常理想的都是俗套。发起总攻之后，人家只用了一句“会朝清明”（一到黎明就天下清平），就风轻云淡地解决了。

说好的天昏地暗、日月无光呢？没了！全诗到此结束了。大商呢？“秒”掉了。来，我们吹吹清晨的凉风吧。

就像《三国演义》写关羽斩华雄，前面一大通铺排：华雄多么耀武扬威，上将潘凤如何出战，关公如何被轻视，曹操如何温酒壮行……我们以为接下来这场恶战不定得怎么打呢：鞍上人斗人，鞍下马斗马，大战三百回合，关公使出独门刀法，掌中青龙偃月宝刀招式狠辣，左一招鹞子翻身，右一招云龙三现，内力一吐，咔嚓一声，华雄人头落地，腔子里鲜血狂喷……

然而，你看人家罗贯中是怎么写的：关公出帐提刀，飞身上马，众诸侯听得关外鼓声大振，喊声大举，如天摧地塌，岳撼山崩。正欲探听，鸾铃响处，马到中军，云长提华雄之头，掷于地上。其酒尚温。

几十个字，结束了！怎么杀的？不知道！谁也没看见，反正华雄的脑袋提回来了。

武圣打仗，君王打仗，需要把缠斗一招一式地细说吗？不需要，该说的前面都说了，该华丽的前面都华丽过了。真正执行的时候，没人知道你怎么死的。

这就是酷，这就是傲，这就是王者气象，这就是真正的撼人心魄。这是中国文学里高级的地方。

纣王见大势已去，回到鹿台，把珍珠美玉都围在身上，放火自焚，延续将近六百年的商王朝宣告结束。

武王打进朝歌，史书上都说纣王自焚而死。这个说法见于《史记》：

纣兵败，纣走，入登鹿台，衣其宝玉衣，赴火而死。

《逸周书》更是说得详细：

商王纣取天智玉琰五，环身厚以自焚。

然而，这件事和另一个地方看上去有些矛盾。在《逸周书·克殷》里，说武王到了纣王死的地方，射了他三箭，然后用轻吕（一把宝剑的名字）、黄钺把纣王的头砍了下来，挂在大白旗上。又找到纣王的妃子，发现她们都上吊了，于是把她们的头也砍下来，挂在小白旗上。

假如说纣王是自焚而死的，岂不是成了一堆焦炭吗，又如何能把脑袋砍下来呢?

而且这场火确实很大，《逸周书》里说，连四千片质量差点儿的玉片（庶玉）都烧毁了。这么厉害的火焰，纣王的身子肯定已经化为灰烬了。所以这件事一直都有争议。

很多先秦两汉古籍都说过，纣王是被周武王抓住的。如：

武王擒纣于牧野。（《韩非子·喻老》）

武王戎车三百辆，虎贲八百人，擒纣于牧之野。（《风俗通义》引《尚书》）

都说是在牧野就把纣王抓住了。如果说纣王是被抓住的，不是自焚烧死的，那就好解释上面的画面了。

写《过秦论》的贾谊还说过一句话："纣王身斗而死……（躯）弃于玉门之外。"就是说，纣王是打仗的时候被杀的，头被砍下来之后，身躯被扔到玉门外面。这个玉门很可能就是朝歌的一个大门。

所以，关于纣王的死亡，本来历史上就有很多说法。而司马迁在写《史记》的时候，只能采纳一个，只好参考了自焚的说法，而抛弃了别的说法。现在看来，纣王勇武过人，参加牧野之战被擒或者阵亡的可能性是很大的。

关于这件事，先秦还留下了一些零星的材料。比如尸佼的《尸子》中说：

> 武王……亲斫殷纣之颈，手污于血，不温而食。当此之时，犹猛兽者也。

也就是说，武王亲自砍了纣王的脖子，鲜血还流到了他的手上。所以尸子说武王像猛兽。

这句话还有一个版本——"武王亲咋纣头，手污于血"，"咋"（zé）也写成"斫"，是啃、咬的意思。那就是说，武王捧着纣王的头下嘴啃，血滴答滴答流了一手……

无论如何，如果这个细节可靠，就说明周武王很可能杀的是一个活人，或者至少不是一个被烧死的人。不知怎么的，我倒是觉得这种"画风"更合乎三千年前人的身份。

武王斫（或咋）了纣王的头之后，又派人清理美玉、金银、粮仓、府库，然后接受商朝降臣的朝见。

“带路党”们兴奋莫名，他们还在等待武王帮他们重立新君，自己还想重掌大权呢。但他们永远等不来这一天了。

附录：武王伐纣日谱[1]

公历日期	周历日期	事件	原文
前 1047 年			
10 月 16 日	十一月戊子	伐纣大军出发。	师初发。
11 月 20 日	一月壬辰	武王出发。	王步自周。
前 1046 年			
1 月 2 日	二月丙午	武王到了洛，誓师。	王逮洛师，誓师。
1 月 14 日	二月戊午	大军渡过盟津，天下诸侯齐至。	师毕渡盟津，诸侯咸会。
1 月 19 日	二月癸亥	大军到达牧野，夜里摆开阵势。	至牧野，夜阵。
1 月 20 日	二月甲子	清晨，与纣王在牧野大战，太公望受命指挥。傍晚，纣王自焚。	朝与纣战于牧野。太公望受命御方。夕，纣自焚。

1 《商代史》卷九《商代战争与军制》，宋镇豪主编，罗琨著，中国社会科学出版社，2010 年，365—366 页。

续表

公历日期	周历日期	事件	原文
1月23日	二月丁卯	太公望追杀方来回来报捷，献上战果和俘虏。	太公望至，告以馘、俘。
1月24日	二月戊辰	祭祀文王，发布政令。命令吕他攻打越戏方，侯来攻打靡国。又派一千多人寻找纣王的宝玉。	追祀文王，武王立政，命吕他伐越戏方，侯来伐靡。使千人求玉。
1月27日	二月辛未	武王班师，率领大军在阑地（属管叔封地，在今郑州西北）驻扎。	王在阑师。
1月28日	三月壬申朔	吕他攻打越戏方回来报捷，献上战果和俘虏。	吕他至，告以馘、俘。
2月6日	三月辛巳	侯来攻打靡国回来，献上战果和俘虏。	侯来至，告以馘、俘。
2月9日	三月甲申	命令伯奄率领虎贲军攻打卫国。	命伯奄率虎贲伐卫。
2月25日	三月庚子	命令陈本攻打磨国，伯韦攻打宣方，新荒攻打蜀国。	命陈本伐磨、伯韦伐宣方、新荒伐蜀。
3月2日	四月乙巳	陈本、新荒回来报捷。伯韦回来报捷。命伯韦攻打厉国。	陈本、新荒至，告捷。伯韦至，告捷。命伯韦伐厉。

续表

公历日期	周历日期	事件	原文
3月7日	四月庚戌	武王回到宗周，斩杀俘虏献祭，在周宗庙举行燎祭。	武王朝至宗周。用俘，燎于周庙。
3月8日	四月辛亥	向宗庙献上缴获的商王宝鼎，上告天帝，祭祀周的列祖列宗，陈述殷商的罪过，任命方伯（一方邦国的首领）。	荐俘殷王鼎，告天宗上帝，格庙，祭周先世，告殷罪，正国伯。
3月9日	四月壬子	来到宗庙，任命各邦国的国君。	格庙，正邦君。
3月10日	四月癸丑	杀掉一百个商朝士民俘虏，向宗庙献祭。	荐俘殷王士百人。
3月11日	四月甲寅	演奏武王伐纣之乐，将牧野克殷的经过与结果告知祖先神灵。	谒伐殷于牧野。
3月12日	四月乙卯	将战场上割下的各国俘虏的耳朵献祭于宗庙。	以庶国馘祀于周庙。
3月16日	四月己未	武王传命天下，宣布为天下共主，连殷在内的诸侯，都要服从命令。	武王成辟四方，通殷命有国。

第九章 伯夷叔齐

前1046年前后

《封神演义》还提到了两个人，虽然这两人没有封神，但在历史上很有名，这就是伯夷和叔齐。

根据《史记》记载，伯夷、叔齐是孤竹国国君的两个儿子。孤竹国国君立叔齐为储君，老国君去世后，叔齐不想即位，要让位给伯夷。伯夷说："这是父亲的命令。"就逃走了。叔齐还是不肯即位，也跟着逃走了。国人只好立了孤竹君的另一个儿子为国君。

伯夷、叔齐年纪大了，听说西伯侯姬昌善待老人，就去投奔。哪知道到了周地，发现姬昌去世了，又赶上武王发兵伐纣，伯夷、叔齐就拦住武王的马，说："父亲死了不下葬，就忙着打仗，这叫孝顺吗？以臣弑君，这叫仁义吗？"左右将士十分恼火，要杀他们。姜子牙说："这是义士，不要杀。"把他们扶起来，让他们走了。

武王灭商之后，天下归周。伯夷、叔齐"不食周粟"，在首阳山隐居，采野生的薇菜吃，最后饿死在山上。

上面这段，大体上就是历代公认的伯夷、叔齐的事迹。

孤竹国在历史上是有的，起源于原始部落，商代时被立为诸侯，国都在今天河北东北部的卢龙县附近，大概控制了今天的河北秦皇岛、唐山和辽宁西部。

孤竹国在甲骨文里又叫“竹国”，一直是非常老实的商王朝属国。商朝要讨伐反叛的诸侯，就征发竹国的军队[1]。竹国和商朝通婚，也进贡乐器[2]、龟甲，甚至进贡献祭用的人牲[3]，商王毫不客气地都杀了祭神。

孤竹国国君叫墨胎氏（一个诡异的名字），伯夷名叫墨允，字公信；叔齐名叫墨智（或致），字公达。伯夷、叔齐都是在谥号上加上排行（所以他们生前并不知道自己叫伯夷、叔齐）。那个意外捡了便宜的儿子，名叫仲辽[4]。但这都是古书上辗转相传的说法。

春秋时，孤竹国还存在，一直骚扰临近的燕国。齐桓公当上霸主后，攻打孤竹国，在山里迷了路。随行的管仲找了几匹老马，跟着它们走出了迷谷。孤竹国在这场战争中被灭，孤竹国国君被齐桓公砍了脑袋，史称“斩孤竹”（约前 660 年）。孤竹国在历史上持续了约 1000 年。可以说，“老马识途”这个成语，是孤竹君用脑袋为我们换来的。

---

1 《屯南》1116/4。

2 妇好墓出土过刻有“妊竹入石”的石磬。

3 《合集》15411/1。

4 原作“伯辽”，据陶宗仪《辍耕录》考订为“仲辽”。

在先秦人的眼里，孤竹国就属于“北荒”了，是极其遥远的地方，到处都是奇异民族和各种神兽。

传说孤竹国有一种神兽叫蹷，前腿像老鼠，后腿像兔子，善于寻找甘草，但跑得不快。还有一种神兽叫蛩蛩距虚，很喜欢吃甘草，可自己又不会找。于是，蹷找到甘草后，就喊蛩蛩距虚来吃。如果遇到危险，蛩蛩距虚就背着蹷逃跑。两者互利互惠，有点像海葵和寄居蟹的共生。

齐桓公在攻打孤竹国时，还发生了一起灵异事件。

齐桓公带领大军正走着，忽然停了下来，瞪着眼睛望着前面，好像看见了什么东西，举弓要射，又不敢射。左右侍卫问道：“主公看见什么了？”齐桓公说：“你们没看见前面有个一尺来高的小人吗？骑匹小马，右手还撩着衣服，嗖嗖地跑呢。这不是见了鬼么？”侍卫们都说没看见。这时管仲上前说：“恭喜主公，贺喜主公，您看见的是一种神灵，名叫俞儿，是引导人登山涉水之神，只有霸主、明君才看得见。他在跑，是要给您当向导。撩着衣服，就是提示您前面有河流。撩着右边的衣服，就是告诉您要从右边过河，不要走左边。”又走了十里，果然来到一条大河，叫卑耳溪（应为今天的滦河），水流湍急，地势凶险。齐桓公按照俞儿的指示从右边走，果然水面只到膝盖的高度，大军因此安全地过了河。

伯夷、叔齐也在《封神演义》里出现过。他们的故事主要出现在原著的第六十八回《首阳山夷齐阻兵》，我把这一整段引用过来，目的是让大家看看古代小说是怎么编出来的。

话说大势雄兵离了西岐，前往燕山，一路上而来，三军欢悦，百倍精神。行过了燕山，正往首阳山来。大队人马正行，只见伯夷、叔齐二人宽衫、博袖、麻履、丝绦，站立中途，阻住大兵，大呼曰："你是那里去的人马？我欲见你主将答话。"有哨探马报入中军："启元帅：有二位道者欲见千岁并元帅答话。"子牙听说，忙请武王并辔上前。只见伯夷、叔齐向前稽首曰："千岁与子牙公，见礼了。"武王与子牙欠身曰："甲胄在身，不能下骑。二位阻路，有何事见谕？"夷、齐曰："今日主公与元帅起兵往何处去？"子牙曰："纣王无道，逆命于天，残虐万姓，囚奴正士，焚炙忠良，荒淫不道，无辜吁天，秽德彰闻。惟我先王，若日月之照临，光于四方，显于西土，命我先王肃将天威，大勋未集。惟我有周诞受多方，肆予小子，恭行天之罚。今天下诸侯一德一心，大会于孟津，我武维扬，侵于之疆，取彼凶残，杀伐用张，于汤有光。此予小子不得已之心也。"

夷、齐曰："臣闻'子不言父过，臣不彰君恶'。故父有诤子，君有诤臣。只闻以德而感君，未闻以下而伐上者。今纣王，君也，虽有不德，何不倾诚尽谏，以尽臣节，亦不失为忠耳。况先王以服事殷，未闻不足于汤也。臣又闻'至德无不感通，至仁无不宾服'。苟至德至仁在我，何凶残不化为淳良乎！以臣愚见，当退守臣节，体先王服事之诚，守千古君臣之分，不亦善乎。"武王听罢，停骖不语。子牙曰："二位之言虽善，予非不知，此是一得之见。今天下溺矣，百姓如坐水火，三纲已绝，四维已折，天怒于上，民怨于下，天翻地覆之时，四海鼎沸之际。惟天矜民，民之所欲，天必从之。况天已肃命于我周，若不顺天，厥罪惟均。且天视自我民视，天听自我民听。百姓有过，在予一人。今予必往。如逆天不顺，非予先王有罪，惟予小子无良。”子牙左右将士欲行，见伯夷、叔齐二人言之不已，心上甚是不快。夷、齐见左右俱有不豫之色，众人挟武王、子牙欲行，二人知其必往，乃跪于马前，揽其辔，谏曰：“臣受先王养老之恩，终守臣节之义，不得不尽今日之心耳。今大王虽以仁义服天下，岂有父死不葬，援及干戈，可谓孝乎？以臣伐君，可谓忠乎？臣恐天下后世必有为之口实者。”左右众将见夷、齐叩马而谏，军士不得前进，心中大怒，欲举兵杀之。子牙忙止之曰：“不可。此天下之义士也。”忙令左右扶之而去，众兵方得前进。后伯夷、叔齐入首阳山，耻食周粟，采薇作歌，终至守节饿死。至今称之，犹有余馨。此是后事，不表。

《史记》记载的伯夷、叔齐故事实在太简略，写小说当然不能这么写。所以这一段除了把《史记》里伯夷、叔齐的故事编进来之外，还加了许多别的东西。比如姜子牙回答伯夷、叔齐的话，是抄了很多其他场合的古文拼凑出来的。

因为拼凑之后没有“统稿”，就显得特别搞笑。因为姜子牙居然说了一句，“肆予小子，恭行天之罚。”“肆”是个虚词，是“于是”的意思。“予小子”是不能随便用的，这是古代帝王对自己的专称[1]。周武王可以对人说“予小子”，或者连上

1 西周中后期的铜器中也出现过王室贵族使用这一称呼的情况。

自己的名字叫“予小子发”，相当于后代的“朕”。而姜子牙是绝不可能对人自称“予小子”的。

那么，为什么会出现这种情况呢？那是因为，姜子牙这段话是从《泰誓》改编而来的。《泰誓》是周武王在盟津大会诸侯的时候发表的演讲词，列举了纣王的罪状，说明了伐纣的理由，所以肯定是以周武王的口吻写的。“恭行天之罚”也只有武王才有资格这么说。《封神演义》的作者直接抄了过来，就让姜子牙犯下了欺君之罪。这位作者可能真是不懂“予小子”的含义，所以让姜子牙口口声声自称“予小子”，重复了好几遍。后面居然还说，“非予先王有罪，惟予小子无良”，简直是以周王的身份自居了！而周武王就站在他旁边，居然一点反应都没有！

不过，《泰誓》也基本上把伐纣的原因讲出来了，所以用在这里也没什么不好。鲁迅先生写《故事新编》时，把情节稍微改了改，让伯夷、叔齐在墙上看到《泰誓》的布告，再去阻兵劝谏，这就合理了。

《封神演义》还说，在武王出兵之前，伯夷、叔齐在商朝为官，纣王几次滥杀无辜，伯夷、叔齐都和比干、微子、箕子等一起苦苦劝谏（第九回、十一回）。这个在逻辑上也有可能，因为甲骨文中有竹国人在朝中做占卜官员（“贞卜竹”[1]）的记录，很可能就是竹国的贵族。但即使做过，可能也是短期的。因为孟子说他们“不立恶人之朝，不与恶人言”，“当纣之时，

1 《合集》637/1。《合集》23805/2。

居北海之滨，以待天下清也”。

老实说，姜子牙和伯夷、叔齐曾经有过相似的经历，因为他们差不多是一起投奔的西岐。孟子说：

> 伯夷辟纣，居北海之滨，闻文王作，兴曰：“盍归乎来！吾闻西伯善养老者。”
>
> 太公辟纣，居东海之滨，闻文王作，兴曰：“盍归乎来！吾闻西伯善养老者。”

因为周文王“善养老”，这几个老头就一起投奔他去了。

时间上，姜子牙要去得早一些，他赶上了文王，伯夷、叔齐没赶上。而且，双方的命运完全不同：姜子牙一路青云直上，而伯夷、叔齐只在西岐待了很短的时间，就走了。

理由很简单：他们发现这里仍然和他们的理念不合。

按说，周王这边待他俩可不薄。因为他们是从商朝控制区过来的，又是有名望的人，能笼络住他们俩，就能俘获一大片人心。所以武王派周公旦接见了他们，允诺：“加富二等，就官一列。”俸禄提高两级，官职封在一品，不得不说相当有诚意了。

而且，为了表示诚意，周公还代表武王要和他们杀牲盟誓，这是相当高的礼仪规格了，说明西岐方面非常重视这两个人（前面说过武王和微子、胶鬲杀牲盟誓，也让这哥俩参加了）。

但是，伯夷、叔齐不买账。哥俩一听这话，哈哈大笑。周公旦还没反应过来，老哥俩扭头就走了。

老哥俩一边走，一边继续笑。伯夷说："哈哈，真新鲜呐！我算看走眼了，这武王外面传着多么多么圣明，看来也不地道啊！"

叔齐说："是啊，真正的有道明君应该是无为而治，顺应百姓，不能趁人之危，急功近利啊。现在西周这些人看见商朝乱了，就想靠武力夺取天下，还跟咱们动心眼子，拿高官厚禄收买咱们。他们也不想想，咱们是能收买的人吗？"

伯夷说："可见天下乌鸦一般黑，西周就算打败了商朝，也是黑吃黑啊。人呐，在治世要担负责任，在乱世也不苟且偷生。咱们要是跟着西周这些人，也是同流合污。走吧！走吧！"[1]

两个老头就走了，来到了首阳山隐居起来。大概是在进山之前还没死心，他们发现武王和姜子牙发兵伐纣，就"叩马而谏"，这就是这一章开头的那一幕。

伯夷、叔齐阻兵的故事还有一个版本，不是在首阳山下，而是在之后的盟津大会上。这个版本见于托名姜子牙所著的《六韬》。武王聚集天下诸侯，大会于盟津，举行了盛大的阅兵式，并发表了《泰誓》。谁知伯夷、叔齐跑来，对武王说：

> 杀一人而有天下，圣人不为。

应该说，这个版本的阻兵理由，比《史记》和《封神演义》

---

1 对话改编自《庄子·让王》。

里说得更哲学一些。通过杀人来获取天下，哪怕是杀一个人，就是以暴易暴，也是不合乎“仁”的（动兵就要杀人，不一定是杀纣王）。《史记》的阻兵理由是“父死不葬”和“以臣弑君”。而《封神演义》更进一步，“忠”字当头，要求武王“倾诚尽谏，以尽臣节”，这就更带有明代人的特点了。

“杀一人而获得天下”应不应该这个问题，一直有人讨论。这是一个伦理问题，是关于道德和功利的辩论。这种辩论中，最典型的是“有轨电车难题”。

一个疯子把五个无辜的人绑在电车轨道上。一辆失控的电车朝他们驶来，片刻后就要碾压到他们。幸运的是，你可以拉动一个拉杆，让电车开到另一条轨道上。然而，问题在于，那个疯子在另一条电车轨道上也绑了一个人。考虑到以上状况，你是否应该拉动拉杆?

陀思妥耶夫斯基在《卡拉马佐夫兄弟》里也讨论过类似的问题。他把这个问题放大了：

> 哥哥问弟弟：如果杀死一个小女孩可以让整个世界得救，可以做吗?
>
> 弟弟犹豫了一会儿，小声而坚定地回答说：不可以！

然而道德和功利从来没有谁辩赢过谁。一方面，人类要保持道德感，才能异于禽兽；另一方面，人类也要生存、发展，而这需要付出某种代价。而夷、齐和姜子牙正好是两种选择的极端，双方互为衬托。在姜子牙看来，别说杀一人而救天下，即便付出更大的代价，他也是没问题的。

姜子牙也不是没当过隐士，但他这个隐士是假的。他在渭水钓鱼，是为了“奸”（这个奇妙的字我们之前解释过）文王，并不是真的在钓鱼。他擅长“阴谋”“韬略”，想做周朝的“帝王之佐”。

在民间传说里，姜子牙从商朝跑出来，就在渭水边上钓鱼隐居。周文王听说渭水有高人，就诚心诚意上门去请，一次不行两次，两次不行三次，请到第三次，姜子牙就出山给文王做事了。

后来，姜子牙辅佐武王灭商，也当了国君，来到封地齐国。齐国有两兄弟狂矞、华士也是隐士，也在海边钓鱼隐居。姜子牙听说海边有高人，也诚心诚意上门请，一次不行两次，两次不行三次，请到第三次——到这里，剧本还和他当年遇到文王的时候一样。

然而故事的结尾变了：姜子牙请了三次，两兄弟还是闭门不见。姜子牙毫不气馁，去了第四次。

姜子牙第四次是带兵去的，把两兄弟抓起来杀了！

这是姜子牙第一次在齐国杀人。消息传到周公旦那里，他吓了一跳。他刚教育儿子伯禽要“一饭三吐哺，一沐三握发”，诚心诚意招待人才，怎么就出现了随便杀人之事呢？赶紧派八百里加急快马去制止，哪知道人早就被砍了。周公连忙写信问姜子牙：“这两位是天下有名的贤人啊，你刚到任，正要招贤纳士，杀他们做什么？”

姜子牙给周公回了信，洋洋洒洒一大篇，说出了他的道理：

不臣天子者，是望（太公望，姜子牙自称）不得而臣也；不友诸侯者，是望不得而使也；耕作而食之，掘井而饮之，无求于人者，是望不得以赏罚劝禁也。且无上名，虽知，不为望用；不仰君禄，虽贤，不为望功。不仕，则不治；不任，则不忠。且先王之所以使其臣民者，非爵禄则刑罚也。今四者不足以使之，则望当谁为君乎？不服兵革而显，不亲耕耨而名，又非所以教于国也。今有马于此，如骥之状者，天下之至良也。然而驱之不前，却之不止，左之不左，右之不右，则臧获虽贱，不托其足。臧获之所愿托其足于骥者，以骥之可以追利辟害也。今不为人用，臧获虽贱，不托其足焉。已自谓以为世之贤士而不为主用，行极贤而不用于君，此非明主之所以臣也，亦骥之不可左右矣，是以诛之。

原来，这兄弟俩说："我们不向天子称臣，不去拜见诸侯。吃的是自家地，穿的是自家衣。我们也不求谁，不当官，自食其力，谁能拿我们怎么办？"

但姜子牙不这么想。他认为：你不向天子称臣，那我还管得了你吗？你不朝拜诸侯，那我还使唤得了你吗？你虽然有本事，但是不给我办事，就是不忠。要是我的爵禄刑罚都拿下面的人没辙，我给谁当国君去？就像不听话的好马一样，不杀掉等什么？

伯夷、叔齐和姜子牙杀的狂矞、华士是一样的，他们都遭到了后世同样功利主义的韩非子的批评：

古有伯夷、叔齐者，武王让以天下而弗受（韩非子认为武王要让给他们天下），二人饿死首阳之陵。若此臣不畏重诛，不利重赏，不可以罚禁也，不可以赏使也，此之谓无益之臣也。

不得不说，韩非子的眼光是很毒的。一般人认为，伯夷、叔齐饿于首阳，只不过是忠于故主，不和新政权合作而已，这就把他们的影响想得小了。他俩的意义远不止此。好家伙，让予天下，不要；封给高官，不当；“不畏重诛，不利重赏”，严刑峻法治不服他们，高官厚禄引不动他们，这叫“无益之臣”。不是周政权容不下他们，任何政权都容不下。

但实际上，你可以从姜子牙、韩非子的言行中看出，统治者是惧怕这种人的。因为在他们身上，有一种坚守自己理想的力量。当然，这种理想可以“与世迁移”，在不同的时代有不同的表现，但这种独立的精神却是屹立不倒的。统治者拿他们毫无办法，只能从肉体上消灭他们，或者乐得看着他们走极端，自生自灭。

统治者心底里不希望治下的百姓有独立的人格，只想他们乖乖地做顺民。但是，历朝历代偏有那么几个“轴”人给统治者添堵，给他们粉饰的太平盛世“抹黑”。司马迁把《伯夷叔齐列传》放在《史记》“七十列传”之首，不是没有道理的。

即使在和统治者合作的人物中，也有这种独立的精神存在。他们虽然不是“无益之臣”，但一个个也是青头愣，不能随便搞定的。这就是孟子所谓的“富贵不能淫，贫贱不能移，威武不能屈”。文天祥的《正气歌》说，“在齐太史简，在晋董狐笔。在秦张良椎，在汉苏武节”。

这些人，也是我们民族精神中的一根重要支柱。

不过，所谓精神，其实是一种共识，有时候并不是单个人能够建立起来的。它需要不断加强、净化，甚至异化。伯夷、叔齐的故事能变成今天的样子，也是经历了一次次叠加的。

首先，伯夷、叔齐到底有没有饿死在首阳山，是需要打一个问号的。因为比较早的说法都说他们“不食周粟，饿于首阳”。饿是挨饿了，但是不是饿死，或是不是主动绝食而死，并没有说清楚。

而且，这个“不食周粟”，更大的可能是不做周朝的官，而不是照字面理解成一口周朝的饭都不吃。因为古代发放俸禄，都是发粟（小米）或者折算成粟的。“食”某人的“粟”，就是拿某人的俸禄，替某人做事的意思。所以《汉书》是这么说的:“伯夷叔齐耻之，饿于首阳，不食其禄，周犹称其盛德焉。”这段话就很谨慎，而且也更合乎人情。

其实，两个当时有名的贵族，能够放弃高官厚禄，保持气节和理想，甘心清贫终老，就算够可以了。但是，“吃瓜群众”很喜欢看热闹，脑补剧情。“不食周粟”虽然惨，但惨得还不够，那就不合口味。虽然轴，但还没有轴到九头牛都拉不回，那就不够精彩。所以到了战国时，大家就在“饿”后面加了个“死”字，说他们是一口周朝的饭都不吃，靠山上的薇菜度日，最后饿死了。

这样的苦情戏还不够，后来又加了一段，这就是《文选》引谯周《古史考》里说的：

伯夷、叔齐者，殷之末世孤竹君之二子也，隐于首阳山，采薇而食之。野有妇人谓之曰：“子义不食周粟，此亦周之草木也。”于是饿死。

粟是周王的，不能吃，野生的薇菜总可以吃吧？然而也不行，因为“普天之下，莫非王土”，薇菜也是周王的。没办法，只好饿死了。

这个故事还有一个天无绝人之路的版本，这就是《列士传》里说的：

二人遂不食薇，经七日，天遣白鹿乳之。得数日，夷、齐私念：“此鹿肉食之必美。”鹿知其意，不复来。二子遂饿而死。

这还真不是给伯夷、叔齐抹黑，只能说，圣贤也有馋嘴的时候。有了这个故事，伯夷、叔齐就没那么不近人情，一下子接地气了。

所以说，伯夷、叔齐不是那么好当的。明末清军入关，许多文人发誓“不食周粟”，隐居在家，不和清政府合作。但是没办法啊，人总要吃饭活着啊。伯夷、叔齐无妻无子，一人吃饱，全家不饿。但这些文人都拖家带口啊，就算自己保持气节，老婆孩子怎么办？

所以清政府的统治稳定后，就打开各种渠道，招揽人才，请前朝文人出来做事。除了特“轴”的或者无牵无挂的之外，还是有不少出山的。于是民间有一首诗说：

天开文运举贤良，一队夷齐下首阳。家里安排新雀顶，腹中打点旧文章。昔年虽耻餐周粟，今日翻思吃国粮。岂是一朝顿改节，西山薇蕨已精光。

最后两句与其说是讽刺，不如说是无奈吧。

第十章　分封列国

约前1046—前990年

《封神演义》最后一回说，武王灭商之后，姜子牙登上封神台封神，率领百官回西岐。姜子牙和周公商议了分封诸侯的细则。次日早朝，武王登殿，随后上朝，一一唱名分封：

> 先追王祖考，自太王、王季、文王皆为天子，其余功臣与先朝帝王后裔俱列爵为五等：公、侯、伯、子、男，其不及五等者为附庸。

然后封了鲁、齐、燕、魏、管、蔡、曹、郕、霍、卫、滕、晋、吴、虞、虢、楚、许、秦等七十二国。

这段故事说的是我们都知道的一个制度——封建制：封国土，建诸侯。周王把爵位、土地赐给王室贵族、有功之臣。

这件事在历史上确实发生过，就是武王灭商后回到宗周[1]，

1　宗周的位置现在有争议，一说在武王建造的镐京（今陕西西安市西），一说在周原（今陕西宝鸡市的岐山、扶风一带），所以《封神演义》说回到西岐分封诸侯，倒也没说错。

向祖庙献上俘虏之后，开始“正国伯”，即任命一方诸侯之长；又“正邦君”，即任命各小国的国君。

不过，这段故事有意思的地方在于，它给了我们一种错觉：好像周武王这天上殿，封了一堆诸侯，然后各位王子、功臣去了各自的国家当家作主，天下就太平了，进入了新的秩序。

而且还让人误以为，在武王分封列国之前，这些地方就是商朝的地盘，武王只是新派了一个个国君去管理。就像后世朝代更替之后，新朝廷派官员去管理旧地界一样。

不过，事实并非这么简单。

周王分封的爵位分公、侯、伯、子、男五等，古书上都是这么说的，普通大众也把它当成一种常识。其实，历史上并不是这样的。这种五级封爵制度，只能说是辗转相传的一个美丽“模型”。

最近几十年的考古发现表明，“公”是对长者或地位较高的贵族的尊称，而不是爵位。“伯”通常表示嫡长子的身份，也不是爵位（相当于北方人管一个家庭的长子叫“大爷”）。

“子”一般用来称呼殷商遗民或者蛮夷势力，有一种轻蔑的味道。如前文中的莒、纪、郲，都在今天的山东，当时属于东夷，所以其国君在先秦古书里叫莒子、纪子、郲子[1]。楚国一直自视为蛮夷，不服管，所以国君也称楚子[2]。

---

1 刘源《五等爵制与殷周贵族政治体系》，《历史研究》2014 年第 1 期。

2 汉代以后，汉人管胡人奴仆叫“胡子”，而胡人反过来管汉人叫“汉子”，恐怕与此也不是没有关系。

真正称得上爵位的，是“侯”和“男”。这从商朝就有了。

这里要搞清楚一个词：我们通常说各路“诸侯”，又说分封的列国都有“国君”，严格来说，这两者是要区分开的。周王把某个贵族分封到一个地方，负责当地的镇守、开发，以及保卫王室，这就是“侯”（侯的甲骨文就是一支箭射向目标），通称“诸侯”。所以封侯的贵族往往有相当的武力。

这些诸侯开疆拓土，有了自己的臣僚，有了相当的军事实力，政治经济都非常独立了，这时候才适合叫“国君”。当然，这本书不是学术著作，所以这两个词并不作严格区分。

比“侯”低一等的爵位，还有一个“甸”。比“甸”低一等的爵位才叫“男”。甸和男都带个“田”字，说明是给商王或周王种地的。男爵的地位最低，甚至有的“男爵”嫌种地太累，跑了，气得商王要派人抓他[1]。所以“侯、甸、男”这三级，才是真正存在于商或周的封爵制度。

在商末周初，这些诸侯国并不像我们后世想象的那样，每个国君控制很大一片地方，各国之间互相接壤，而是一个个非常分散的城邦或者据点。诸侯们“就国”，主要任务还是去据点镇守。所以孟子说，“周公之封于鲁，为方百里也”，“太公之封于齐也，亦为方百里也”。司马迁也说，“齐、晋、秦、楚，在成周微甚，封或百里，或五十里”，根本没多大地方。春秋战国时列国争雄的局面，是用了几百年的时间慢慢形成的。

---

1 裘锡圭《甲骨卜辞中所见的田牧卫等职官的研究》，《文史》第 19 辑。

而周王的分封也并不是在某个阳光明媚的朝会上，充满仪式感地进行完毕的，虽然这听起来很美好。其实，周初的分封用了相当长一段时间，经历了无数次的迁徙、平叛和调整。

周朝的分封在文王的时候就开始了。文王把他的二伯父仲雍封在了虞。灭掉崇侯虎之后，又把崇地封给了两个弟弟虢仲、虢叔[1]。虞和虢都是最早封的诸侯，和文王的关系也最近。但其后代大多碌碌无为，倒是在临灭国的时候为我们贡献了两个成语“假途灭虢”“唇亡齿寒”。

牧野之战后，武王很快封了几位诸侯，“未及下车而封黄帝之后于蓟，封帝尧之后于祝，封帝舜之后于陈。下车而封夏后氏之后于杞，投殷之后于宋”。除宋（微子）之外，其余的都是古代帝王的后代。

这几个国名《封神演义》也基本提到了，但不太准确。祝国在山东长清，陈国在河南淮阳，杞国在河南杞县。蓟国就在今天的北京市中心城区，而我住的地方在北京西南郊的房山区，当时属于燕国，所以，我现在进市区办点事，就等于是“出国”了。

这几个国封得比《封神演义》中还利索，几乎是坐在车上就签发了文件。不过，做做样子，先封别人家，再封自己家，显得客气，倒也是有可能的。

武王灭商后很快去世，根本来不及分封那么多诸侯。继位

1 徐中舒《西周史论述》（上）。

的是他的儿子成王。成王即位的时候年纪很小（有说13岁的，有说还在襁褓中的），于是由武王的弟弟周公旦辅政。所以，真正的大批分封，是在周成王时期由周公旦主持的。《荀子》说周公“兼制天下，立七十一国”，对应武王时的第一次分封，这就是“二次分封”。周公是分封真正的总设计师，而这和武王已经没有关系了。

甚至到了周成王的儿子周康王时，还在分封。《封神演义》里大将南宫适的后代，就被康王封在了盂（今天的河南沁阳）。

牧野一战周人虽然获胜，但只能说消灭了殷商政权。殷商的民众（殷遗），以及殷商以东的东夷势力，并没有归顺，天下并不太平。所以，周王施行的一系列分封，与其说像《封神演义》中说的，是论功行赏，倒不如说是为了稳定政权。

武王灭商之后，首先要封的，还不是皇亲国戚、汗马功臣，而是殷商的后代。所以《封神演义》说武王打进朝歌宫里，饶过纣王的儿子武庚不杀，依旧让他守土奉祀，并且留下管叔鲜、蔡叔度监视他，是基本符合史实的。

牧野之战开始得快，结束得也快，如果真的有奴隶倒戈这回事，说明并没有死太多人。纣王虽然自杀了，但文武百官并没有死尽，朝廷的财产也基本上没有大动，甚至军队都没有太大的损失。武王在这儿登基即位是极不现实的，他带来的人马也控制不了这么庞大的王国。就像李自成在北京做了皇帝，最后根本坐不稳。

所以武王很知趣地回去了，把武庚封为殷后，把商朝原来控制的地方划成了三块，这就是邶、鄘、卫，分别归管、蔡、霍三叔管理，并且把两位重臣——苏忿生、檀伯达，封在了商的西边（今豫西地区）。

没想到武王死后，成王年幼，周公摄政，三监对他不服，武庚当然也想复国，三监就和武庚一起发动叛乱。这才有了周公发兵平叛，对应武王伐纣时的第一次东征，史称“二次东征”。

为什么明明是三监，《封神演义》里却只提到了二监——管叔鲜和蔡叔度呢？因为管、蔡两位王子各有自己监视的地盘，唯独霍叔处是跟在武庚身边的。三监的区划是：

> 自殷都以东为卫，管叔监之；殷都以西为鄘，蔡叔监之；殷都以北为邶，霍叔监之，是为三监。（《帝王世纪》）

严格来说，这三位都不是诸侯，只是负责在当地弹压、镇守，当地大大小小的官吏应该还是以殷人为主。不过三监中管叔、蔡叔都有自己的地盘，而霍叔是跟武庚在一起的，所以武庚和三监造反，管叔上吊自杀，蔡叔被流放，霍叔这边，因为武庚才是主谋，所以他罪过最轻，只是被革了职，降为庶人。这就难怪《封神演义》只提管、蔡，不提霍叔了。

“监”是周初普遍的制度，并不是说当时只有三个监。所以《仲幾父簋铭》说，“使于诸侯、诸监”。江西出土过一件“应监甗”，“应监”显然也是一位监。

周公平叛之后，把纣王的大哥微子封到了宋（今天的河南商丘），这就是后来的宋国。严格来说，宋也不算“诸侯”，因为他们只是商朝的后代，保留自己的祭祀而已，并不负责镇守边疆。周人看他们的眼光是十分另类的。所以宋国在东周时期，为我们贡献了无数笑话（如“守株待兔”）[1]。

姜子牙这次也受封了，封到了齐。众所周知，齐国后来十分强大，到了东周时期，齐国的都城临淄繁华得不得了。晏子说：“齐之临淄三百闾，张袂成阴，挥汗成雨，比肩继踵而在。”（这也是成语“挥汗如雨”的出处）到了战国时，临淄城的居民达到七万户，十分富裕，老百姓平时就是吹竽弹琴、斗鸡走狗，玩“六博”（一种棋类），踢足球，“临淄之途，车毂击，人肩摩”。

但是姜子牙刚去的时候，完全不是这么回事。“故太公望封于营丘，地泻卤，人民寡”——一望无边的盐碱地，也没什么人口，几乎是未开发的状态。附近大大小小的东夷部族也不拿姜子牙当回事。

所以，姜子牙去齐国“就封”的路上，有这么一档子事。

姜子牙走在路上，天晚了，就找了一个旅馆住宿，好舒舒服服歇着。大概是随从吆喝了几声“齐侯就封，闲人回避”之类的话，旅馆主人摇摇头说：“冒牌的，你根本不是齐侯。”

姜子牙说：“我就是新任齐侯啊，你怎么说我不是呢？”只听老板说：“俗话说‘时难得而易失’啊，新受封的人恨不得一步赶到封地，处理事务。你这么慢慢悠悠的，怎么会是新任齐侯呢？”

1 杞国同理。杞国的国君被称为有轻蔑意味的“杞子”，而且也贡献了一个笑话“杞人忧天”。

姜子牙一听就明白了，赶紧从床上爬起来，穿上衣服上路，赶了一夜，第二天一早就到了封地营丘。果然，还没喘口气，莱人就打过来了，要争夺营丘。莱人是当时东夷族的一支，虽然姜子牙是周王派来的，但他们根本不服管——商王都管不了我们，周王算老几?

姜尚费了好大的力气，才把他们平定，然后慢慢发展工商业，开发渔业、盐业，齐国才强大起来。但是莱人一直在附近，成为齐国不大不小的祸患。足足过了五百年（前 567 年），齐灵公才发兵攻莱，彻底灭了莱国。传闻莱民逃难到山谷里，邑落荒芜，这就是山东“莱芜”的来历。

周公受封的鲁国也是这样。鲁国这个地方，以前是商朝的奄国。奄人也许本来就是殷商人，也许是东夷部族，但是和商朝的关系很好，所以叫“商奄”。他们自认是商朝的子民，比起莱人来更加不服管。奄国在武王伐纣时没有卷入战争，实力完好无损。因此，虽然商朝灭亡了，但奄国依然控制着东方一大片地区。

武王刚去世，奄国国君就秘密跑去找武庚，说：“武王死了，现在的周王年幼，周公执政，很受猜疑。这可是百年不遇的好机会（“此百世之一时也”），赶紧造反复国吧！”

奄国对于武庚来说，简直是一根救命稻草。别看武王伐纣能在一天之内灭了商，但以当时周朝的力量，竟然没法打下奄国。所以大臣辛甲（劝谏了纣王七十五次的那位）出了个“农村包围城市”的主意，叫“以小劫大”，先扫清周围的小部族，最后攻奄。奄国没有了依靠，只好投降。

灭奄之战的艰难惨烈不下于武王伐纣，所以经常和伐纣并提，史称“一年救乱，二年克殷，三年践奄”。每当我看到这里，都觉得“践”这个字真是用得太神妙了，透着一股周公把奄君踩在地上用力摩擦的气息[1]。

周公发泄般地“践踏”了奄之后，班师回朝。他要在朝中处理国家大事，不能去封地，就派自己的儿子伯禽前往。《诗经·鲁颂·閟宫》说：

> 王曰叔父，建尔元子，俾侯于鲁。大启尔宇，为周室辅。乃命鲁公，俾侯于东。锡（即“赐”）之山川，土田附庸。

王就是成王，周公是他叔叔，元子就是周公的长子伯禽。“大启尔宇，为周室辅”的意思就是说，你撒开手干吧，东边的地盘你做主，只要能够保护周王室，你有本事拿下多少是多少。

伯禽临走的时候，周公对他说：“我是文王的儿子，武王的兄弟，成王的叔叔，你看我这地位不低了吧？可是我吃饭的时候，有人才来拜访，我赶紧把嘴里的饭吐出来去接待他。我洗头的时候，有人才来拜访，我赶紧把头发握在手里去接待他。就这样，我还怕失去天下人才的信任呢。你到了鲁国，可不要仗着你是国君，慢待人才啊。”

这就是曹操“周公吐哺，天下归心”的出处。这也正是天下未定、人心不服的时候，君主该说出来的话。曹操赤脚迎许

1 根据《毛诗正义》，“践”的意思是“杀其身，执其家，潴其宫（把宫殿拆了，弄成一个大水坑，再也不能住人）”，毁灭得干干净净。

攸，刘备三顾茅庐，都是在不行的时候才这么干的。

但是这件事我一直很疑惑：我们吃饭时碰上急事，都是赶紧咽了再起身啊。把嘴里那口饭咽下去有那么难吗？吐出来还得擦，不更费事吗？

后来，微博上的“战争史研究 WHS”先生告诉我，古人饮食水平极其低下，吃的稻饭、麦饭、黍饭之类，都是水煮的带壳或部分脱壳的稻粒、麦粒，非常难嚼烂[1]，必须反复咀嚼才能咽下去。有急事时来不及慢嚼，硬吞会被噎死，因此只能吐出来。

这样看来，脑子有病的人才玩“穿越”，古代光一个吃饭就能让你受不了。

伯禽以前就有封地了，这个封地也叫“鲁”，只是不在山东，而在今天河南的鲁山[2]。为了镇守东土，伯禽来到奄国旧都，在奄都旁边建立了鲁国国都，这就是曲阜[3]。这座古老的城市至今延续了三千多年的历史。

所以，最开始的时候，伯禽的鲁国也只是一个小据点。他可能带来了一些臣僚、一支军队，能立住脚跟就算不错。所以到了曲阜后，他也不是立即坐稳了江山。直到 40 多年后他去世时[4]，周围仍然有许多小方国没有归顺。

---

1 肉酱和膏油浇在稻饭上叫“淳熬”，就是周天子食用的“八珍”之一了。

2 根据郭克煜等《鲁国史》的说法。

3 曲阜和旧奄城相距不远，后来连成了一片。

4 伯禽在位的时间说法不一，有说 30 多年，也有说 40 多年。此据章鸿钊《中国古历析疑》中的 47 年说。

他的儿子——鲁国第二任国君考公、第三任国君炀公继续经营，才渐渐控制了局面。炀公为了控制奄人，又把国都从曲阜搬到了奄国旧都，史称“炀公徙鲁”。幽公时期，炀公的一个儿子沈子它打下了渊、夷（东夷的一支）、姑蔑等方国，战功赫赫（沈子它铸簋纪念此事，这就是《沈子它簋》）。等到鲁国真正成为一个国家，不再是个军事据点时，已经过去了四代将近 100 年的时间。

晋国也是这样，也不是周朝一建立就分封的。

早在商朝的时候，今天的山西地区就有许多部族在活动，其中一个比较强大，名叫唐。武王灭商后，武庚叛乱，唐国大概忠于旧主，便一起造反。于是成王发兵，灭掉唐国，把唐国国君迁到了杜（在今天的陕西西安的长安区），所以又叫唐杜氏。

灭唐和伐崇、灭商、践奄一样，也是周人的一项重要的军事行动。灭了唐国之后，山西这片地区很不安定，急需有重臣镇守。于是，周成王把弟弟叔虞封到了唐。这其中还有个故事，就是“桐叶封弟”。

故事说周成王即位时，年仅 13 岁，他弟弟叔虞当然更小。两个小孩在一起玩，周成王用桐树叶剪成玉圭的形状，送给弟弟说，“我拿这个封你做国君。”周公听到了[1]，就进宫来祝贺。成王说：“我是和弟弟玩儿呢。”周公说：“君无戏言。”成王就把叔虞封到了唐，这就是唐侯（他儿子燮父后来改国号

1　也有说是大臣史佚。

为晋）。

这个故事过于离奇，所以一直被后人怀疑。实际上，周王子受封，一般都得在成年后，而且《国语 · 晋语》说：

> 唐叔射兕于徒林，殪以为大甲，以封于晋。

兕是一种野牛，叔虞能射兕，还用它的皮造了一套铠甲，这显然不是一个十来岁小孩能办到的事。这说明，他被封在唐，靠的是他高强的武功（这正是“侯”字的本意）。商周之际的贵族并不像后代贵族那样养尊处优，而是有相当的个人魅力的。

周王分封的诸侯里，还有一个箕子朝鲜。《封神演义》说箕子也在朝堂上受封，这也是不可能的。箕子是商纣王的叔父，商朝灭亡后，他带着几千人东迁，到朝鲜半岛定居下来。《尚书大传》说：

> 武王胜殷，继公子禄父，释箕子囚。箕子不忍周之释，走之朝鲜。武王闻之，因以朝鲜封之。

这种“分封”是遥封。箕子在朝鲜建国了，已经成了既定事实，武王没办法，只能封了他，做个人情。箕子对周王朝也没那么待见。《史记 · 宋微子世家》说：

> 于是武王乃封箕子于朝鲜，而不臣也。

至于《尚书》说周武王还拜见了箕子，向他请教阴阳五行，应该都是后人的伪托。箕子到来之后，朝鲜半岛的原住民檀君的后人只好南迁。箕子朝鲜直到西汉时才被卫满灭掉。

当时的周王朝也不是像今天国家意义上的大一统，各诸侯国之间夹杂着许许多多的少数民族部落和城邦，它们根本不向周天子称臣。周公东征，据说“灭国五十”。这些被周公灭了的小国，就是东夷、淮夷的一个个小部落。此外闻风归顺了的，一定远不止这个数。

又如鲜虞国，当时一直控制着今天的河北中部，直到春秋时期还在骚扰南边的邢国、卫国，成为他们的心腹大患。北方的燕国人想去今天的河南等地办事，是根本过不去的。

因此，如果要画出周王朝实际控制的领土来，那就像一面筛子。这面筛子的形状直到周王朝灭亡，也还没有补全。所以，我们今天的大一统中国，是经历上千年的历史后慢慢形成的。而那些历经艰难困苦、披荆斩棘的无数先民们，却已永远埋在了厚厚的黄土中。

三千六百年封神纪

李天飞——著

阴

北京联合出版公司
Beijing United Publishing Co.,Ltd.

目录

东周

老子 2

邬文化 5

伏羲 8

轩辕 10

神农 13

方弼、方相 16

广成子 19

秦

二十八宿 24

汉

女娲 30

赤精子 33

雷震子 37

三国

镇殿四元帅 42

晋·十六国

黄飞虎 45

瘟神吕岳 48

财神赵公明 49

龙吉公主 54

孔宣 58

黄天化 61

南北朝

接引道人 64

慈航道人 67

哪吒 70

三霄 74

元始天尊 76

惧留孙 79

唐

文殊广法天尊 81

四大天王 86

金吒 89

木吒 92

韦护 95

金灵圣母 98

宋

普贤真人 101

殷郊 104

余化龙 108

燃灯道人 110

哼哈二将 112

准提道人 114

罗宣 116

龙王 118

闻仲 121

杨戬 124

太乙真人 127

增福神、损福神 130

梅山七怪 132

元

三皇 136

明

群星 140

通天教主 150

鸿钧道人 152

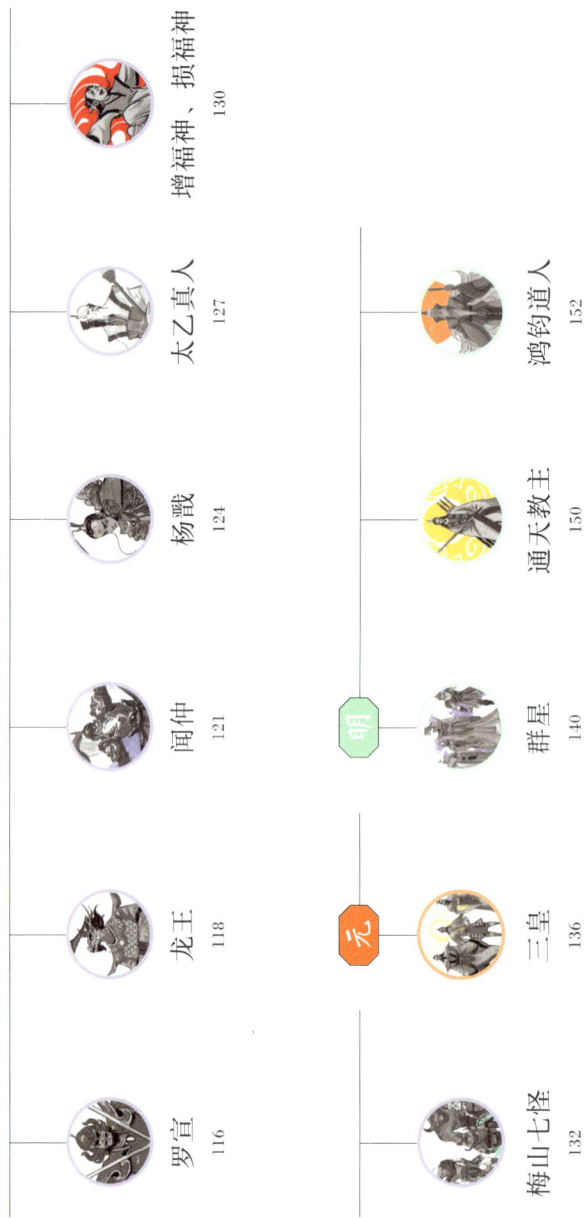

东周

老子

◎ 约前571年

道家学派祖师李耳诞生

在《封神演义》里，掌教大师兄是老子。他的原型，就是历史上的哲学家、道家学派大宗师老子（汉代之后又称李耳、李聃）。

根据《史记》的记载，老子是楚国苦县厉乡曲仁里人，做过周王朝的守藏室之史（相当于国家图书馆馆长），孔子向他求教过学问。后来老子见周王室衰落，就西行入秦，写下了五千言《道德经》后，不知所终。

不过对于这个说法，后代有很大的争议。有人说他出生没那么早，而是战国的一位学者。《道德经》是不是他亲笔写的，也不好说。今天的研究者通常把这本书视为他和他的后学弟子们整理而成的东西。我们这里还采用《史记》的主流说法，认为他是春秋时人，比孔子大 20 岁左右，生于公元前 571 年[1]。

到了汉代，因为方士和道教推崇老子，他就逐渐被神化，称为“太上老君”。当然，这是我们站在世俗角度的看法。按照道教的说法，他先天就存在，只是不停地下凡，在不同的时代化身成不同的人而已。根据明代朱国桢《涌幢小品》的总结，老子的化身经历是：

> 初三皇时，化身号万法天师。
>
> 中三皇时，化身号盘古先生。亦曰有古大先生。
>
> 后天皇伏羲时，化身号郁华子。
>
> 地皇神农时，化身号大成子。
>
> 人皇轩辕帝时，化身号广成子。
>
> 少皞时，化身号随应子。
>
> 颛帝时，号赤精子。

1　陈鼓应《老子评传》第一章。

帝喾时，号录图子。
尧帝时，号务成子。
帝舜时，号尹寿子。
夏禹时，号真行子。
商汤时，号锡则子。
文王时，号燮邑子。
武王时，号育成子。
成王时，号经成子。
周王时，号郭叔子。

这就有意思了：老子在轩辕黄帝时代，化身叫“广成子”；在颛顼时代，化身叫“赤精子”。在《封神演义》里，广成子、赤精子是元始天尊的两位大徒弟。那么根据道教的说法，他们都是老子的化身。而最后这位“郭叔子”，就是给周王管图书馆的[1]。

直到南北朝时，民间道教还有假托老子之名不停“下凡”的故事。至于今天他化身成了什么子，那就不知道了。

1 不同的道经说法不同，这里只取一种。

邬文化

◎ 约前510年

孔子与弟子讨论『奡荡舟』故事

《封神演义》里的大力士邬文化，手使一根排扒木，身高数丈，力大无穷，能陆地行船，劫营冲寨，无人抵挡，杀死周将三十余员。最后姜子牙将其诱入蟠龙岭山谷中，施放火箭，引爆地雷，把邬文化活活烧死。

这个故事好像抄袭了《三国演义》里诸葛亮大破藤甲兵的故事，所以一般人不会想到它的来源竟然如此古老。

邬文化在早期封神故事《武王伐纣平话》里写作“乌文画”，并且说“乌文画者，即奡荡舟”。“奡荡舟”不是一个人的名字，“奡”才是。这句话见于《论语 · 宪问》里，南宫适对孔子说：

> 羿善射，奡荡舟，俱不得其死然。禹、稷躬稼而有天下。

这个南宫适不是周文王的那个臣子，而是孔子的学生，两个人同名。匡亚明的《孔子评传》推测他生于公元前 530 年，则南宫适向孔子问学这件事，发生在公元前 510 年左右。

“荡舟”一般认为就是能陆地拉船的意思。根据后人对《论语》的注解，奡（ào）是夏朝叛逆之臣寒浞的儿子，力大无穷，能在陆地上拉船。寒浞派奡带兵，杀掉了相。所以一提大力士，就会说到奡；就像一提神箭手，就会说到羿一样。

而且，南宫适的这句话里，可能隐藏着一个神话。

因为这个“奡”又写成“浇”或“敖”。传说海中有蓬莱、方丈等五座大山，由十五头巨鳌背负着浮在海上。屈原的《天问》里有“鳌戴山抃”，意思就是巨鳌头顶大山，在海中跳跃舞蹈。

而屈原的《离骚》里还有一句“浇身被服强

圉兮”。根据闻一多先生《离骚解诂》的说法，“浇”或“敖”就是一头大鳌。这句话的意思是，海中的大鳌披着一身铠甲，十分强大。鳌是一种水陆两栖的动物，在陆地上也能爬行，所以《天问》里说“释舟陵行”，就是不再像船一样在水里行驶，而是在陆地上行走。这可能就是奡陆地拉船故事的影子。[1]

那么，为什么巨鳌又成了一个人的名字呢？闻一多说：“传说中人物，往往与禽兽虫豸相混，其例至繁，浇为人类，固不害其又为爬虫也。”在上古时代，人和神兽往往是不分的。如果闻一多的猜测成立的话，那么这位邬文化的原型，就是一头大海龟了。

1 闻一多《天问疏证》。

伏羲

◎ 约前430年

南方神话传入中原

在《封神演义》里，伏羲和炎帝（神农）、轩辕住在火云洞，并称“三皇”。伏羲是中国神话中的上古大神（也写成包牺、庖牺、伏牺等）。在先秦两汉时期的典籍里，伏羲是一位上古圣王，他主要的成就就是创造了八卦。这就是《周易·系辞》里说的：

> 古者包牺氏之王天下也，仰则观象于天，俯则观法于地，观鸟兽之文与地之宜，近取诸身，远取诸物，于是始作八卦，以通神明之德，以类万物之情。作结绳而为网罟，以佃以渔。

伏羲不但创造了八卦，还发明了结绳和织网，用来指导老百姓渔猎。这样来看，伏羲的故事应该诞生在原始社会的渔猎时代。伏羲去世之后，接替他执掌天下的就是神农氏。

但是，这些故事明显经过了后代学者的改造，让伏羲显得像一个贤王圣主。在早期的图像里，伏羲和女娲并不是人的形状，而是人首蛇身，还经常交缠在一起。目前发现的最早的伏羲图像，是战国时期的曾侯乙墓出土的漆盒，上面绘有一对身体交缠的龙。一般认为这就是伏羲和女娲交尾的造型。汉代保存下来的壁画、画像石中，人首蛇身的伏羲女娲就更多了。

所以，伏羲（包括女娲）可能是南方民族神话里半人半蛇的神，在传入中原后，被学者做了一番“去神话化”的改造，成了一位上古圣王。

曾侯乙墓的墓主约去世于公元前433年到前400年之间，所以，前430年左右的时候，曾侯居住的地方就已经流传着类似的神话了。

轩辕
前422年
秦灵公祭祀黄帝

帝是家喻户晓的上古人物，而大多人心目黄帝，是一位上古帝王，曾经与蚩尤大战，许多发明，例如定历法、制衣服、造舟船有人认为黄帝不是一个人的名字，而是一的名字，即所谓的“黄帝族”，与“炎帝时存在，并且曾与“蚩尤族”大战。

些推测当然都有道理。因为我们离上古时代，一切推测只要能自圆其说，就都可以备此一说。但实际上，黄帝在出现之初，是作为一位大神存在的。

我们今天一提黄帝，就觉得他是极古老的“人文初祖”，是华夏民族共同的祖先。但其实并非自古如此，因为黄帝在史料中出现的年代没那么早。

春秋初，大家认为最早的上古人物（或神）是大禹，并没有黄帝什么事。战国初年（前422年），秦灵公在吴阳作上畤（祭祀天神的场所），祭祀黄帝；作下畤，祭祀炎帝。这时候才出现了黄帝的名号。这件事，在黄帝信仰的形成历史上是一件大事，所以本书把黄帝系在这一年。

这时候他是神，不是凡间的人王帝主，更不是部落的名字。

因为在战国之前，“帝”就是指天帝。人间的最高领袖叫“王”，不叫“帝”[1]。黄帝很可能只是秦国人信奉的某一位天帝[2]，而随着秦国霸权的渐渐确立，这一信仰被带到了其余六国。后来战国、秦汉的学者，又把黄帝说成是上古人

1 帝乙、帝辛中的“帝”，指的是宗庙的神位，不是天帝的意思。据常玉芝《由商代的帝看所谓黄帝》。

2 顾颉刚《讨论古史答刘胡二先生》。至于说真有某个部族信奉此天神，所以以神名族；还是真有某个部落首领因为丰功伟绩，所以也用天神之名来称呼他，由于时代遥远，实在也搞不清楚。是不是真有“黄帝族”，也是存疑的。

王帝主，给他配了许多亲戚，黄帝也像帝俊那样“下凡”，渐渐成了我们共同的祖先。

到了汉代，司马迁写《史记》，第一篇就是《五帝本纪》。这时候已经形成了黄帝、颛顼、帝喾（就是帝俊）、尧、舜的“五帝”体系，说黄帝是少典之子，姓公孙，名轩辕（因为居轩辕之丘所以得名）。但是司马迁自己对此也将信将疑，在文章最后使劲找补：“百家言黄帝，其文不雅驯，荐绅先生难言之。”意思是说，反正传说就是这样的，我姑且记下来，信不信由你吧。

这个时候，黄帝已经从大神完全变成了一位人间帝王。但是在汉代一批方士的口中，黄帝又成了仙人，这应该是保留了原来的大神特征。例如《史记·孝武本纪》：

> 黄帝采首山铜，铸鼎荆山下。鼎既成，有龙垂胡须下迎黄帝。黄帝上骑，群臣后宫从上龙七十馀人，乃上仙。

刘向《列仙传》说：

> 黄帝自择亡日，与群臣辞。卒葬桥山。山崩，柩空无尸，唯剑履存焉。

于是，黄帝又恢复了大神身份，和人间帝王身份奇迹般地并存于后世。

神农

◎ 约前330年

许行学派崇奉神农

在《封神演义》里，神农（炎帝）也是三皇之一，赐给杨戬柴胡，解了瘟疫；又赐给杨戬升麻，解了痘疹。

实际上，神农就是“农神”的意思，上册中提到的后稷，就是周民族的“神农”。理论上来说，世界上几乎所有的民族都有自己的“神农”。

但是，我们今天说的这位尝百草的神农，在战国之前并不见于记载。战国时出现了一个农家学派，代表人物是楚国的许行。他有不少门徒，主要的主张就是“神农之言”，反对不劳而食，主张穿粗布衣服，亲自下田劳动，打草织席，维持生计。后来许行来到滕国（在今天的山东），又吸纳了不少门徒。这就引起了孟子的不满，他和许行的门徒陈相展开了辩论（见《孟子·滕文公》）。

顾颉刚认为，许行崇拜的这个“神农”之前没人提过，而是他这个学派抬出来的[1]。无论如何，神农应该是战国时人根据普遍存在的农神信仰创造出来的神。神农出现之后，原来那位作为农神的后稷就不怎么提了。

神农刚开始出现的时候，可能只是“尝百草，种五谷”，是农业和医药之神。后来人们又把制陶、乐器、祭祀等发明加在他身上，神农的影响就越来越大了。

神农和炎帝本来是两回事，神农是农神，炎帝是太阳神。但是人们喜欢拉郎配，汉代的一些学者把他俩扯到了一起，叫作“炎帝神农氏”，比如：

1　此外可能还有秦国学者尸佼（约前 390—前 330 年）。《尸子·君治》：“神农理天下，欲雨则雨，五日为行雨，旬为谷雨，旬五日为时雨，正四时之制，万物咸利，故谓之神。”

以火承木，故为炎帝。教民耕农，故天下号曰神农氏。（《汉书·律历志》）

不光是神农，汉代学者还配了好多，比如太昊庖牺氏，黄帝轩辕氏，少昊金天氏，颛顼高阳氏，帝喾高辛氏……这些配对有的有些根据，有的恐怕只是学者们的“设定集”而已。

方弼、方相

◎ 约前300年

《周礼》记载方相氏驱鬼

《封神演义》里的镇殿大将军方弼、方相，身高三丈，四只眼睛，勇猛异常。纣王要杀殷郊、殷洪，被他二人搭救。后来他们投奔西岐，分别死于风吼阵和落魂阵中，被封为显道神、开路神。

方弼是《封神演义》编的名字，而方相的来源却极古老。《周礼·夏官》记载：

> 方相氏，掌蒙熊皮，黄金四目，玄衣朱裳，执戈扬盾，帅百隶而时傩，以索室驱疫。大丧，先柩。及墓入圹，以戈击四隅，驱方良。

意思是说，方相氏蒙着熊皮，戴着黄金面具，面具上有四只眼睛。衣服上黑下红，手里拿着戈和盾，带领众人跳傩戏（祭神的舞蹈），驱除住宅里的疫鬼。出殡的时候，方相氏也要走在棺材前面。下葬前他要先跳下墓穴，用戈击打墓穴的四个角，驱除地下的恶鬼方良（又称“罔两”）。

《周礼》里称“某某氏”的，一般都是专门从事这一职业的人员，可见先秦时期，方相氏的工作就十分固定了。这种扮神驱鬼的活动，应该源于更古老的巫术。唐代之后，为了对称，一个方相变成了两个，也不再用真人扮演，而是用纸和竹篾扎成神像，出殡时由人举着，走在队伍之前开道，让路上的恶鬼躲避，所以又叫显道神和开路神。这个习惯一直延续到今天，农村出殡时仍然能看到队伍前有两位纸扎的开路神。所以别看《封神演义》里这两位是炮灰，但实际上他们可能是年代最古、生命力最强的两位神仙。

而且从这里也可以总结出一个规律：凡是神界的巨人，像前文的那位邬文化（奡），方弼方相，以及夸父，基本上都是从上古故事里来的。晚期的故事里，就基本上没有巨人什么事了。

《周礼》是儒家经典“十三经”之一，关于

它的著作时间，学界争论极多，有说是西周初年周公所作的，也有说是汉代刘歆托古伪造的，上下竟然差了一千年。今采取顾颉刚、杨向奎、彭林等先生折中的说法，认为它吸纳了很多上古文献，但成书于战国中后期，所以把时间定在公元前 300 年左右。

广成子
◎ 约前280年
庄周创作广成子寓言

在《封神演义》里，元始天尊门下的第一位弟子就是广成子。广成子住在九仙山桃源洞，是元始天尊玉虚宫中击金钟的首仙。他有一件霸气的法宝——番天印，打死过金光圣母、火灵圣母，把龟灵圣母打回原形，所以广成子也落了个外号——“圣母杀手”。

广成子教出了同样霸气的弟子殷郊，并且把落魂钟、雌雄剑给了他。他似乎还有一件法宝“八卦紫绶仙衣”，但这件法宝有点问题。因为赤精子也有一件，并且给了殷郊的兄弟殷洪。恐怕只是作者写忘了，所以广成子在和火灵圣母交手的时候，又穿出一件属性差不多的“扫霞衣”。反正《封神演义》的法宝都是随手捏出来的，有多少件衣服都无所谓。

在“老子”一节里我们提到过，道教认为广成子是太上老君在黄帝时期的化身。但是这个人物只在庄子的书里出现过，可以看作是庄子原创的寓言人物。

这个故事出自《庄子·在宥》，属于《庄子》的“外篇”部分。一般认为“内篇”是庄子亲笔所作，“外篇”是庄子的弟子整理而成的。庄子大约去世于公元前286年，所以本书把这件事系在前280年左右。

在此前此后的众神里，老子是实有其人而被后世神化，而伏羲、黄帝、神农、女娲……都出于口口相传的故事，是赖普罗大众之传承而共同塑造的。只有广成子独以天才文学家一己之力的虚构而厕身众仙之中，可谓鹤立鸡群，堪与上古众神并列，岂止于元始天尊座下首徒哉！

不过，《庄子》故事里的这位广成子，和《封神演义》里的可大不一样。后者极为好事，三谒碧游宫，引发阐截大战。而《庄子》里的这位是住在崆峒山石室之中的神仙[1]。黄帝听说他已经得道，就来拜见，求问“至道”。广成子认为黄帝不足以语至道。黄帝退居三月，然后拜见。广成子这才答道：

> 至道之精，窈窈冥冥；至道之极，昏昏默默。无视无听，抱神以静，形将自正。必静必清，无劳汝形，无摇汝精，乃可以长生。

广成子告诉黄帝，他因为持守大道，阴阳调谐，所以修身一千二百年没有衰老。但是他也要走了，要去“无穷之门，无极之野。人其尽死，而我独存”。其实《封神演义》里的广成子，原来也在九仙山桃源洞闭关修炼，“保摄天和，不理外务”，但一旦“犯了杀劫”，就好勇斗狠，和凡人毫无区别了。

1　中国名叫崆峒的山有好几座，据《南华真经注疏》，崆峒山在凉州，应该是今天甘肃平凉的崆峒山。

秦

二十八宿

放马滩秦简记录三十六禽占法

◎ 前239年

二十八宿是古人把黄道附近的星空划出的二十八个区域，用来观测日月五星的运行。这个划分方式具体起源于什么时候，很难考证。战国时期，二十八宿体系就已经非常成熟了。

但是《封神演义》说的二十八宿，和星空中的二十八宿还不太一样。《封神演义》里的二十八宿都死于万仙阵，名字是这样的：

东方青龙　角木蛟　亢金龙　氐土貉
房日兔　心月狐　尾火虎　箕水豹

北方玄武　斗木獬　牛金牛　女土蝠
虚日鼠　危月燕　室火猪　壁水貐

西方白虎　奎木狼　娄金狗　胃土雉
昴日鸡　毕月乌　觜火猴　参水猿

南方朱雀　井木犴　鬼金羊　柳土獐
星日马　张月鹿　翼火蛇　轸水蚓

可见，每个神名是三个字，只有第一个字，如“角”“亢”，才是二十八宿的星名。第二个字日月金木水火土，合称七曜，是和二十八宿搭配的。第三个字全是动物的名字。所以严格来说，这里的“二十八宿”已经脱离了天文学的意义。尤其是后面的二十八种动物，今天已经被民间公认为二十八宿的代表，甚至认为二十八宿就是这二十八种动物成的精。

实际上，这二十八种动物原本和天文学没有关系，而是一种占卜术，利用动物名称来占卜。一开始也不是二十八个，而是三十六个，这就是“三十六禽占”。

1986年，在甘肃天水放马滩古墓葬群的秦墓中出土了一批竹简，根据某些竹简显示的日期，墓主可能下葬于秦王政八年（前239年）。

在这批竹简里，有一种叫《日书》，就是当时算卦择吉的书。其中有一种占卜法，是将三十六种动物配合一天中不同时段[1]，每个时段会有一种动物当值，不能触犯。比如：

旦至日中投中南吕，鸡殹（也），赤色小头，圜目而皙。

意思是说，如果某天上午（旦至日中）得了病，就根据这一天的年月日时的干支来起卦，通过一系列算法，得出的结果是十二律[2]中的“南吕”（投中南吕）。然后一查表，哦，原来触犯的是当值的鸡神（之后可能有一系列的祭祀、禳解仪式，不排除拣一盘小虫子供一供）。在别的时间段和条件下，还有猴、龙、虎、豹、狼……等三十五个[3]。

古人得了病，不像今天的人看医生，会寻找病因，而是认为必是触犯了什么神灵。在《红楼梦》里，王熙凤的女儿巧姐得了病，王熙凤赶紧叫人去查《玉匣记》[4]，发现这一天触犯的是花神：

八月二十五日，病者在东南方得遇花神。用五色纸钱四十张，向东南方四十步送之，大吉。

就叫人烧纸送神，巧姐果然安安稳稳地睡着了（当然是曹雪芹说的）。

每种动物都有自己的习性，而且可以和天干地支阴阳五行搭配，比如戌是狗，那么狼和狗差

1　实际上是把一天分为三个时段，每个时段再配以十二律。

2　十二律是：黄钟、太簇、姑洗、蕤宾、夷则、无射、大吕、夹钟、中吕、林钟、南吕、应钟。这里只要看成是 12 种状态、12 个名字即可，它们通过一套算法可以随机出现。

3　此段请教过《放马滩简式占古佚书研究》的作者，南京大学程少轩兄。

4　也是一种占验、择吉的书，功能和秦简《日书》差不多，《红楼梦》称这类书叫“祟书本子”。

不多，所以也属于戌。寅为虎，豹和老虎差不多，所以也属寅。这样就产生了更加复杂的生克变化。

三十六禽还可以用来指导修行人辨识来袭扰的妖魔。例如佛教的天台宗认为，有许多精魅会趁人修行的时候，化身成各种人形来捣乱，根据它来的时辰，就可以判断它的本相，例如卯时来的是狐、兔、貉，辰时来的一定是龙、蛟、鱼等。

三十六种动物如果画在一个平面上，就叫“式盘”，可以更加方便地推演某年月日时是何种动物当值。当然，也可以值日、值月、值年，比如可以规定一年中每种动物值日几天。

如果把这个式盘去掉八个角，就剩下二十八种动物（去掉的八个是鱼、鳖、豺、雁、狸、豕、犹、鳝），这就和二十八宿相结合了。每种动物结合一个星宿，再结合七曜，这就形成了后世成熟的二十八宿禽星术，玩法也越来越复杂。它的作用不仅仅是看“撞祟”，还可以用于占卜吉凶、男女合婚等各种场合。

汉

女娲

◎ 约前 120 年

《淮南子》记录女娲补天故事

在《封神演义》里，第一个出现的神仙就是女娲。纣王在女娲宫中题了一首有调戏意味的七律，惹怒了女娲娘娘，这才召来轩辕坟三妖，叫她们祸乱成汤天下。

有趣的是，在《封神演义》里，虽然伏羲也出场了，但好像看不出女娲和伏羲有什么关系。女娲单独住在女娲宫里，并不和伏羲一起住。女娲去火云洞见伏羲、神农、轩辕三位圣人，只说是“朝贺”，似乎也没说夫妻团聚。女娲被纣王调戏，她自己出头就解决了，也没看见伏羲出头替夫人报复。而且，书里还说：

> 女娲娘娘乃上古神女，生有圣德。那时共工氏头触不周山，天倾西北，地陷东南。女娲乃采五色石，炼之以补青天，故有功于百姓。黎庶立禋祀以报之。

这段故事首见于《淮南子》，原文是：

> 于是女娲炼五色石以补苍天，断鳌足以立四极。杀黑龙以济冀州，积芦灰以止淫水。苍天补，四极正，淫水涸，冀州平，狡虫死，颛民生。

女娲补天、女娲造人的神话，今天已经家喻户晓。这里面没有伏羲什么事，似乎是出于另一个源头。

至于女娲娘娘能用招妖幡召集群妖，这个设定和补天的那个女娲没什么关系，可能是元明之后把女娲和北方大神碧霞元君的神格混淆了。

因为一位女神管领天下群妖这个设定，常见于明清时期的北方故事里。例如华北地区普遍认为四大门（狐黄白柳，即狐仙、黄鼠狼仙、刺猬仙、蛇仙）的总管是碧霞元君，北京人更认为是“丫髻山奶奶”。碧霞元君通过四大门和人类沟通，天下狐仙甚至定期要到碧霞元君那里去考试。例如清袁枚《子不语》卷五“狐生员劝人修仙”：

> 群狐蒙太山娘娘考试，每岁一次，取其文理精通者为生员，劣者为野狐。生员可以修仙，野狐不许修仙。

又卷四“陈圣涛遇狐”：

> 绍兴陈圣涛与一狐女成夫妇。每月朔，妇告假七日，云：“往泰山娘娘处听差。”

另外，诸“仙”（实际上就是妖）所收的祭品钱粮，也要归娘娘的“公库”；委任的香头（即人间代言的巫师）就任时，也需向娘娘庙报到[1]。

而明清以后的北方，女娲和碧霞元君的职司，例如保护妇孺、送子、助产、祛病等经常混同。所以，女娲能召集群妖也就不奇怪了。

1 李慰祖《四大门》第三章第二节、第四章第三节。

赤精子

◎ 约前20年

甘忠可称赤精子授道经

《封神演义》里的赤精子，地位仅次于广成子，有法宝阴阳镜，正面照人死，反面照人活。他的徒弟殷洪，也是一个厉害角色。

赤精子这个名字，主要是由秦汉方士们传播开的。汉成帝（前 33—前 7 年在位）时，齐方士甘忠可写了两本书，一本叫《天官历》，另一本叫《包元太平经》[1]。《包元太平经》共十二卷，说汉朝的气运要完了，应该重新受命于天，“天帝使真人赤精子，下教我此道”。也就是说，托名赤精子下凡传经。

汉成帝时期，汉帝国的统治已经不稳了，所以这个《包元太平经》更像是一种政治预言，和上册中提到的文王修灵台、演八卦，武王“白鱼跃龙舟”“赤乌下降”，标榜自己“受命于天”的表演差不多。只是汉代的操作方式更先进了，已经有了理论体系，而且更清晰了：天意是从天帝那里传下来的，通过一位仙人传到凡间的“先知”手里，载体是一部书。这在中国历史上还是第一次。

之前我们已经遇到了神仙诞生的三种方式：1. 对历史上真实人物的神化，如老子。2. 民间口耳相传的造神，如伏羲、女娲、黄帝。3. 天才文学家的虚构，如广成子。

现在，我们又遇到了第四种“造神”方式：宗教家自创。

赤精子和广成子不一样。广成子是庄周用来讲他的“至道”理论的，所以逍遥自在，沉默寡言，修身养性，只靠他的生活方式赢得世人的仰望。而甘忠可编出这位赤精子来，是有政治目的

1　一说这两本是一部书，名字叫《天官历包元太平经》。

的。这是一位“政治神”。

换句话说，广成子靠言，赤精子靠行。

赤精子和那几位上古神也不一样。上古神存在的意义，是充当某个领域的始祖或祖师爷，完成之后就可以隐退了。甚至说他们死了都可以（事实上伏羲、女娲、黄帝在某些故事里是有死亡的）。而赤精子要直接干预社会生活了。

所以，这也可以看出，神界的力量壮大了，野心扩张了。

不过，这次“赤精子下凡”似乎没有成功，甘忠可被抓起来，治了个妖言惑众的罪，死在监狱里。

不过，甘忠可虽然死了，《包元太平经》却并没有禁绝。直到汉哀帝时，他的徒弟夏贺良仍然用这部书讲经说法，甚至在朝廷大臣里发展了不少信徒。他向哀帝上奏章说：

> 汉朝的历法已经衰落，应当重新接受天命。成帝不听天命，所以无子。现今陛下久病，天下多灾异，这都是上天的警告。陛下应该立即改元，更换帝号，才能延年益寿，生养皇子，否则必遭大难。

汉哀帝信了，就改建平二年为太初元年，改帝号为“陈圣刘太平皇帝”，连漏刻都改了（相当于把 12 格表盘改成 14 格或 16 格）。

然而，好像什么都没有发生，该变坏的还是变坏，该变好的也没有变好。夏贺良还要干预朝政，被汉哀帝杀了。

然而，赤精子却“留”在了人间，因为不停地有方士托他的名说事。这就是造神的意义：凡人可以死，但只要他造出的神被人接受，这位神就会一直流传下去，就会“活着”。

所以后来，赤精子也被道教吸纳为太上老君的一个化身。不同的道经说法也不一样。根据《历世真仙体道通鉴》的说法，在周文王的时代，老君化身为“爕邑子”：

> 爕邑子亦称赤精子，降于岐山之阳，说《赤精经》，教以仁信之道，西伯闻之，召为守藏史。

也就是说，赤精子在周文王时就已经下凡了。但虽然故事里的时间比甘忠可早，但这个故事产生的时间却晚。所以这里把赤精子出现的年代，系在汉成帝时。

雷震子
◎约67年
王充质疑雷公的真实性

《封神演义》以及更早的《武王伐纣平话》，都说雷震子生于一座古墓。天降大雨，一声震雷将古墓破开，文王发现墓中有一个婴儿，就将其收为第 100 个儿子，并取名“雷震子”。

雷震子后来拜终南山的云中子为师，无意中吃了两颗仙杏，立即变了模样：“鼻子高了，面如青靛，发似朱砂，眼睛暴湛，牙齿横生，出于唇外；身躯长有二丈”，背后还长出一对翅膀，名为风雷二翅。云中子传给他一根黄金棍，从此雷震子就能腾空飞翔了。

雷震子的形象很明显源于雷公神话。天上的雷有神掌管，这个传说非常古老。屈原就说：“左雨师使径待兮，右雷公而为卫。”[1] 而且，天上打雷就是要劈死地上有罪过的人，这个传说也非常古老了。

汉代有一位大学问家王充，同时也是一位大“杠精”，专门喜欢“抬杠”。他说：

> 图画之工，图雷之状，累累如连鼓之形。又图一人。若力士之容，谓之雷公。使之左手引连鼓，右手推椎，若击之状。其意以为雷声隆隆者，连鼓相扣击之音也；其魄然若敝裂者，椎所击之声也；其杀人也，引连鼓相椎并击之矣。[2]

王充问：雷嘛，要么是声，要么是气，怎么可能是鼓呢？要是鼓的话，上不着天，下不着地，它挂在哪里呢？挂不住的话，雷公怎么敲呢？可见雷公是不存在的。不得不说，这真是一个奇葩的抬杠角度。

不过，王充有个很好的习惯，在抬杠之前，总要把他要杠的靶子清楚明白地写一遍，然后再

1 《楚辞·远游》。
2 《论衡·雷虚》。

杠。这样，他的书里无意中保留了很多当时的文化、风俗、宗教信息。他写的《论衡》对于今天的人的价值，反倒更多地在于这些靶子，他是怎么杠的倒没几个人看了。

通过王充的描述我们可以知道，汉代的雷公（王充看见的雷公画像）是一个大力士，用锤子敲鼓，就发出隆隆的声音。这个大锤子就是雷震子黄金棍的原型。

汉代的雷公画像有的有翅膀，有的没有翅膀（王充见过的没有翅膀）。这其实反映了当时的两种心态。一种是老实人的心态：既然能飞，那总得有一对翅膀吧。于是就给许多神仙画上翅膀。这就是我们在汉画像里常见的飞仙、羽人。还有一种心态的思考能力更强一点：既然是神仙，就该没翅膀也能飞啊。长了翅膀才能飞，那算什么神仙？所以有些神仙不长翅膀。目前看到的汉画像雷公，带翅膀的和不带翅膀的约一半一半。

大体上看，带翅膀的神仙相对古老。越到后来，带翅膀的越少。神仙们都取消了翅膀，唯独雷公还保留着原始的样貌，如唐代裴铏还说，雷公“状类熊猪，毛角肉翼，青色，手执短柄刚石斧”。

再到《封神演义》的年代，人人会腾云，个个能土遁，长翅膀的雷震子、辛环反倒是另类了。西方人脑子比较直，他们的天使到现在还带翅膀，说明不如我们的神仙进化得完全。

汉永平十年（67）到建初元年（76）之间，王充一开始在兖州任从事，后来丢了官，建初元年又去颍州做了功曹。王充作《雷虚》的时间，可能就在这十年中[1]，所以本书把这件事系在永平十年。

---

1 此据钟肇鹏、周桂钿《桓谭、王充评传》。

三国

镇殿四元帅

◎ 220年

关羽被孙权袭杀

在《封神演义》里，闻太师伐西岐，请来了九龙岛四圣帮忙：王魔、杨森、高友乾、李兴霸。这四位被金吒等人杀死后，封为镇守灵霄宝殿的四圣大元帅。

这四圣大元帅明显是照着道教著名的护法四元帅“马赵温关”写的。护法四元帅分别是白脸的马灵耀，黑脸的赵公明，蓝脸的温琼，红脸的关羽。所以四圣大元帅里王魔脸白，杨森脸黑，高友乾脸蓝，李兴霸脸红。尤其是李兴霸，书里说他“面如重枣，一部长髯”，完全就是关羽换了身衣服。而护法四元帅中最早成为神灵的，也是关羽。

关羽本是汉末刘备集团的武将，奉命镇守荆州，一度威震天下，后来被孙权袭击，败走麦城，于220年被擒杀害，而且身首分离，首级被送给了曹操。在过去，这种横死之人往往被民间认为是厉鬼，是要经常出来作祟的。而荆州这片地方又偏偏最喜欢崇拜巫鬼。所以关羽死后，关于他的各种神奇故事就开始流行了。

唐代范摅在《云溪友议》中说：

> 蜀前将军关羽守荆州，梦猪啮足，自知不祥，语其子曰：“吾衰暮矣。是若征吴，必不还尔。”果为吴将吕蒙麾下所殛，蜀遂亡。荆州玉泉祠，天下谓四绝之境，或言此祠鬼助土木之功而成，祠曰“三郎神”。三郎即关三郎也。允敬者，则仿佛似睹之。缁俗居者，外户不闭，财帛纵横，莫敢盗者。厨中或先尝食者，顷刻大掌痕出其面，历旬愈明。侮慢者，则长蛇毒兽随其后。

也就是说，关羽很灵，谁要是偷吃了东西，立即就会不明不白地挨一个耳光子。有侮慢他的，就会有大蛇、猛兽来扑咬，民间甚至称之为“关妖”。

关羽作为厉鬼的形象，一直到宋代被封为武安王之后才有所改变。后来关羽的地位一路飙升，又被道教吸纳为护法神将，就彻底洗白了身份。

黄飞虎
◎约226年
曹丕记录太山府君显灵事

泰山是我国五岳之一，中国人相信五岳各自有神，这可以追溯到远古时代。不同的时期，不同的教派，认定的五岳神都不一样。《封神演义》里封五岳山神为黄飞虎、崇黑虎、蒋雄、闻聘、崔英，只是千百种五岳神版本中的一种。

但是五岳神里，唯独东岳泰山的功能里多了一个主管地狱的功能。姜子牙封黄飞虎的时候说：

> 仍加敕一道，执掌幽冥地府一十八重地狱，凡一应生死转化人神仙鬼，俱从东岳勘对，方许施行。

这个功能是汉代以后才出现的。中国本土神话中的地下世界一直不太完善，比起印度佛教里的各种地狱差得很远。大概东汉时，人们开始认为人死后归“太山”，即“泰山”，管理这些死者灵魂的神叫“太山府君”或“泰山府君”，也就是泰山之神[1]。

这方面比较早的故事，是胡母班为泰山府君寄信，故事记录于曹丕的《列异传》里。故事说，胡母班经过泰山之侧，遇到一个红衣人，口称“泰山府君召请”，叫他闭眼，就带他进了一座宫殿。泰山府君请他寄一封信到河伯处。胡母班接信出来，坐船到了黄河中心，敲着船呼叫“青衣”，就有一位青衣使者从水中出来，也叫他闭眼，带他进了河伯的宫殿。河伯盛情款待他，还送了他礼物。

从此之后，泰山府君的故事越来越多，后来和佛教发生了冲突，于是产生了两个分支：道教这边把泰山府君升为“东岳大帝”，然后把佛教

1　佛教也有“太山地狱”一说，此太山和东岳泰山是什么关系，至今仍有争议。

的阎王放在他手下；佛教这边把泰山府君改成“泰山王”，放在十殿阎王的第七殿。这两个系统到现在还并行不悖。只是《封神演义》火了之后，民间有很多人就认为东岳大帝是黄飞虎了。

《列异传》的作者，一说是曹丕（当然，也许是他手下的文人，未必是他亲笔写的），一说是张华，今取前说。曹丕逝世于226年，所以这件事系在226年左右。

瘟神吕岳（左页）

财神赵公明

钟会死于成都兵变

◎ 264 年

魏景元四年（263），大书法家钟繇之子钟会与名将邓艾一同伐蜀。出发时，钟会没有想到两件事，一是他再也没有回来，二是他死后竟然成了瘟神。

邓艾偷渡阴平后，奇袭成都。蜀汉后主刘禅投降，蜀汉灭亡。姜维向钟会投降，两人相交甚好。平蜀后，钟会有谋反之心，就先告倒了邓艾，又想胁迫手下的魏国将领一同起兵，不料众将哗变，景元五年（264）正月十八日，钟会死于兵变，终年四十岁。

不久后，西晋咸宁二年（276）正月，京都洛阳暴发了大瘟疫。同时，民间流传着一个故事："上帝以三将军赵公明、钟士季，各督数万鬼下取人。"（晋干宝《搜神记》）大概是说，当时天下瘟疫流行，上帝派遣的赵公明、钟士季，就是取人性命的瘟鬼将军。而士季正是钟会的字，赵公明则是赵云的弟弟赵朗。所以，这也是一个人死变厉鬼的故事。中国台湾地区所拜的瘟神有360位，据说是秦始皇坑杀的360位儒生所化，也是这个道理。

后来，在此基础上又出现了五方瘟神。据说在隋文帝开皇年间，有五力士现于空中，距地三五丈，身披五色袍，各执一物。一人手执钩子和罐子，一人手执皮袋和剑，一人手执扇子，一人执锤，一人执壶。隋文帝问大臣："这是什么神？"答曰："此为五方力士，在天为五鬼，在地为五瘟。春瘟张元伯，夏瘟刘元达，秋瘟赵公明，冬瘟钟仁贵，总管中瘟史文业。"[1] 这五个人就是《封神演义》里瘟神吕岳以及他的四位弟子周信、李奇、朱天麟、杨文辉的原型。

1 《三教源流搜神大全》。

不过有意思的是，后来赵公明又获得了财神的神格，渐渐摆脱了与瘟神的关系。成书于元代或明代的《三教源流搜神大全》里这样讲：

> 驱雷役电，唤雨呼风，除瘟剪疟，保病禳灾，元帅之功莫大焉。至如讼冤伸抑，公能使之解释；公平买卖求财，公能使之宜利和合。但有公平之事，可以对神祷，无不如意。

这里的“买卖求财，公能使之宜利和合”等，就是新增加的任务了。这也很正常，一个神如果人气高，随着他神力增强，大家就会给他增加新任务。就像一个职能部门，如果干得不错，别的任务也都会加给你。慢慢这个部门的人会发现，已经离开原来的职能很远了。

赵公明还有一个功能，就是和马灵耀、温琼、关羽一起，充当道教护法四元帅“马赵温关”。《封神演义》的杨森面如锅底，依然是赵公明的扮相，这又是他神格的一次分化了。

晋·十六国

龙吉公主

◎ 约 300 年

西王母收养夭折少女故事的流行

《封神演义》里，龙吉公主是瑶池金母（也就是西王母）的女儿，嫁给了凡人洪锦。

这个故事在整部《封神演义》里是少有的爱情戏。但当了西王母的女儿，就多么高贵，却也不见得。因为西王母的女儿太多了！据不完全统计，西王母一共有二十多个女儿，见于道经和传说的有第三女碧霞元君（一说姓石）、第四女林容真（南极夫人）、第十三女王媚兰、第二十女青娥（姓未知）、第二十三女瑶姬等，还有一个小女儿太真夫人，名琬、字罗敷。此外还有华林、娟兰、玉扈、杜兰香等。

西王母为什么有这么多女儿？这些女儿并不是她和玉皇大帝或别的什么神（如东王公）生的。西王母有女儿的故事，产生于从晋到南北朝这一段时间。这应该和当时的一个传说有关：这些女孩其实都是民间夭折的少女，因为西王母是备受尊敬的女神，所以民间传说她们都被西王母收养了[1]。

其中最明显的是托名陶渊明所作的《搜神后记》中记载的何参军女的故事：

> 王广，豫章人，年少未婚。至田舍，见一女，云："我是何参军女，年十四而夭，为西王母养，使与下土人交。"广与之缠绵，其日于席上得手巾裹鸡舌香。其母取巾烧之，乃是火浣布。

这个故事如果还原到现实生活中，逻辑应该是这样的：何参军有个女儿，十四岁的时候不幸去世了，民间（或巫师）传说她没有死，只是灵魂去了瑶池，被西王母收养了。这当然是对父母

1　李丰楙《西王母五女神话的形成及其演变》。

的一种安慰。但是巫师又假托这个女孩的灵魂下凡(或王广自己看多了这样的故事,产生了幻想),就有了王母之女和人间书生交往的故事。

可想而知,当时社会动荡不安,早亡的女孩一定有很多,如果大家都不愿意说她们死了,而是说她们被西王母收养了,那么西王母名下的女儿就会越来越多。打一个不恰当的比喻,这样的女孩就像电影《倩女幽魂》中住在兰若寺里的聂小倩。

这些小仙女的故事听起来格外美好,然而背后很可能是一个个家庭的悲痛欲绝。其实哪怕是今天,如果要安慰一对痛失爱女的父母,可能也只能说"她是去天上做仙女了"吧。

东晋时期产生了一个道教流派——上清派。这个流派以魏华存夫人(252—334)为创派祖师。她的弟子杨羲、许谧、许翙等都善于"降真"(通常所谓"下神")[1],自称能与众仙交往。魏华存既然是女性宗师,她教派里的女仙就特别多。西王母既然有这么多女儿,上清派自然会有意将其排入自己的神谱。后来又经过后世道教宗师如陶弘景、杜光庭等人的整理,西王母众女儿庞大的谱系就慢慢形成了。民间故事里虽然没有这么整齐的谱系,却也有七仙女的故事。《封神演义》里的龙吉公主下嫁给凡人洪锦,这个模式和1300年前的人神恋模式并无不同,所以可以把她列在西王母众女中的最后一位。

但是龙吉公主的故事有个问题,就是书里说她是"昊天上帝亲生,瑶池金母之女",这显然是把昊天上帝(玉帝)和西王母硬扯到一起,当

1 也有学者认为史上并无魏华存其人,而是杨、许等人托名。

了两口子。事实上，正统道教的西王母并不是玉帝的老婆，西王母的这些女儿也不是西王母和哪些男人生的。这显然只是民间喜欢拉郎配的想法。

而且，南极仙翁对龙吉公主说：“公主该与洪锦建不世之勋，垂名竹帛。候功成之日，瑶池自有旌幡来迎接公主回宫。”这个预言和那七位肉身成圣的人出发前，请师父作的预言差不多，似乎说明她结局相当不错。哪知道还没建什么不世之勋，就在万仙阵里被杀，封了个红鸾星。这应该是作者前面挖了“坑”，后面又没有填。他懒得再给龙吉公主编故事，就干脆把她写死算了。

其实按《封神演义》的逻辑，根器上乘修成仙道，根器浅薄才成神道。龙吉公主本来就是仙女，因犯戒被贬下凡。按通常的逻辑，功成后应该归位才是。没想到不但没回瑶池，反而被派到基层岗位上去了！

孔宣

◎ 约320年

帛尸梨蜜多罗译《大孔雀王神咒》

《封神演义》里孔宣的原型是一只孔雀，被准提道人降服，当了坐骑。这只孔雀就是佛教里著名的孔雀明王。

孔雀明王的来历非常复杂，而其中的一个重要源头是《大孔雀王神咒》。而这部经咒，是由高僧帛尸梨蜜多罗首先翻译到中土的。

帛尸梨蜜多罗是西域龟兹（今新疆库车）人，约在晋永嘉年间来到中土。当时中原大乱，帛尸梨蜜多罗来到建康，和当时的社会名流、朝廷重臣，如王导、庾亮等都有交往，号称“高座道人”（当时僧人也称“道人”），约于公元340年之后去世。

帛尸梨蜜多罗翻译了一些佛教经咒，其中就有著名的《大孔雀王神咒》，以及《孔雀王杂神咒》。他还擅长“梵呗”（用梵言高唱佛教韵文），在当时十分著名。他修行的地方后来发展为“高座寺”（在今南京雨花台景区内）。

《大孔雀王神咒》前面说了这咒语的缘起：

> 佛告阿难：往昔于雪山王南，有一金色孔雀王，佛住其中，彼以此大孔雀王咒经，朝说自护昼则平安，暮说自护夜则安隐。

然后佛就开始说咒：

> 吼吼吼吼吼吼吼吼吼吼……（没错，开头是十个“吼”。）

但有一个问题，这里说“于雪山王南，有一金色孔雀王，佛住其中”，到底是什么意思呢？到底是说佛住在雪山里，还是佛住在孔雀王肚子里呢？

其实，这句话说的是佛陀的本生故事，也就

是佛陀在久远劫前投胎为雪山南方的孔雀王，每天都修持孔雀明王法门。“佛住其中”，指的是佛此生以孔雀王的形象示现。

但这种比较抽象的义理，民间并不能理解。所以《西游记》里如来佛在讲大鹏精的来历时，竟然有这样一段话：

> 那凤凰又得交合之气，育生孔雀、大鹏。孔雀出世之时最恶，能吃人，四十五里路把人一口吸之。我在雪山顶上，修成丈六金身，早被他也把我吸下肚去。我欲从他便门而出，恐污真身；是我剖开他脊背，跨上灵山。欲伤他命，当被诸佛劝解，伤孔雀如伤我母，故此留他在灵山会上，封他做佛母孔雀大明王菩萨。

这段故事听起来好像是佛祖很重要的一段经历，但在佛经里根本找不到来历。这应该是民间并没有弄懂佛祖和孔雀的真正关系，一看“佛住其中”，就干脆编出佛被孔雀吸入肚子里的故事了。

黄天化

◎ 约390年

段晖遇太山府君公子

黄天化是黄飞虎的儿子，手使两把大锤，坐下一只玉麒麟，很有些公子哥儿的气质，只是死在伐纣路上，最后黄飞虎被封为东岳大帝时，他也被封为“炳灵公”。

这位炳灵公的来历也很早，最早可以追溯到泰山府君公子的传说。

老百姓对神的态度是这样的：你越是有名，大家就越愿意来凑热闹。比如今天给你配个夫人，明天给你配个公子，后天给你配一堆护法神。越是香火冷落的神越没人管，最后只能默默地消失。

泰山府君既然这么有名，民间自然会给他编儿子，说他的儿子经常出来游戏人间。最早记录这件事的，竟然是正史《魏书》中的《段承根传》。

段承根的父亲段晖是姑臧人。段晖小时候曾拜欧阳汤为师，和他同学的还有一个小孩。有一次，这个小孩想回家看望父母，来向段晖借马。因为都是玩熟了的小伙伴，段晖就做了一只木马送给他。这本来是孩子之间的玩笑，没想到这个小孩反而很高兴，说：“我是太山府君的儿子，奉父命出来游学。感谢你的厚赠，就让你日后拜将封侯吧。”说完，骑着木马腾空而去。后来到了西秦文昭王乞伏炽磐时期（412—428年在位），段晖果然当上了辅国大将军、凉州刺史、西海侯。

等到了唐代，这位公子似乎长大了，以“泰山三郎”的形象出现在世人面前，而且十分好色，特别喜欢勾取年轻姑娘的灵魂，于是这姑娘就会暴病身亡。

例如《广异记》记载，赵州卢参军的妻子很漂亮，忽然有一天心脏病发作死了。原来是泰山三郎看中了她，就把她的魂勾去了。卢参军找到正谏大夫明崇俨，用画符的方法把妻子的魂魄要了回来，推回尸体，使其复活。

如果结合前面西王母女儿的故事看，仍然可以看出，这个故事很可能是民间对早夭姑娘故事的一种解释：某个年轻的姑娘死了，就被解释为是泰山三郎要去了。即使死而复生，也表现得精神恍惚，“常与神遇”，最后的结果还是死去。例如《太平广记 · 葛氏妇》记载：

（葛）周有子十二郎者，其妇美容止，拜于三郎君前，熟视而退。俄而病心痛，踣地闷绝久之。举族大悸，即祷神，有顷乃瘳。自是神情失常，梦寐恍惚，常与神遇。……其夫畏神，竟不敢与妇同居，久之妇卒。

这和湘西至今仍然存在的“落洞女”[1]现象非常相似。例如陆群《神秘的湘西落洞女》记载：

一个女孩16岁嫁到李家寨，温柔、贤惠、知书达礼。嫁到李家寨一年后，生下一个孩子。有一天她到田麻洞附近捡桐油籽，突然一阵风吹来，她打了几个寒战，回家后就疯了，不久死了。村里人都说，是她长得太乖了，却给凡间人做老婆，让洞神嫉妒了，所以把她的魂拿去了。

另外，西王母收养的都是未成年少女，而泰山三郎勾取的都是人妻或成年女子，这也是一个值得注意的现象。

泰山三郎在后唐时被封为雄威将军，宋代大中祥符元年被封为炳灵公，这就是《封神演义》中黄天化被封为“炳灵公”的故事原型。

1　指少女突然精神错乱而死，当地人就说这是被某个洞穴的洞神迷住，带走了魂魄。

接引道人

慧远创立白莲社

◎ 402年

《封神演义》里的西方教主接引道人，基本可以被视为阿弥陀佛的变形。因为他说：

> 贫道西方乃清净无为，与贵道不同，以花开见我，我见其人，乃莲花之像。

这是佛教净土宗信仰的典型说法。净土信仰认为西方极远处有佛国土名极乐世界，极乐世界的教主为阿弥陀佛，愿意死后往生到这里的人，只要称念其“南无阿弥陀佛”六字，阿弥陀佛就会持莲花来接引。

净土信仰约在魏晋时传入中国，而其中的标志性事件，是东晋高僧慧远在庐山创建白莲社，结社念佛。这是中国第一个净土宗团体。而慧远的庐山东林寺，也就成了净土宗的祖庭，至今依然是一处名胜。此后，净土信仰在中国遍地开花，现在民间的佛教徒有八成以上都信奉净土，唱“南无阿弥陀佛”的念佛机、太阳能念佛莲花到处都有，慧远则被尊为净土宗初祖。

白莲社不是一天建起来的，不过其中最大的一件事，是东晋元兴元年（402）慧远在庐山召集同道一百二十三人，以香花敬佛，建斋立誓，共同发愿，往生西方。这可以视为白莲社的一次大法会，因为规模大，参加的人多，而且多是当时的名流，所以被记录在《高僧传》中，算是白莲社的标志性事件。

此外，据说慧远和当时的名流陶渊明、陆修静也有交往[1]，并且邀请陶渊明入社，但被陶渊明拒绝。庐山东林寺前有一条小溪，慧远送客从不过此溪。有一次，陶渊明、陆修静来访，慧远

1 事实上他们三位年代不一，不会有交往。

送客时谈兴仍然不减，不觉中过了小溪。林中老虎见他破例，就吼叫起来，三人大笑。这就是著名的典故“虎溪三笑”。

“虎溪三笑”太过有名。因为慧远是高僧，陆修静是高道，陶渊明是大文豪，许多画家把它当成儒释道三教合一的绘画素材，“三笑图”就像“松鹤图”“麻姑献寿图”“年年有鱼图”一样家喻户晓。

再后来，老百姓对这个名字很感兴趣，于是也编出一个带“虎”带“三笑”的故事——“虎丘三笑”，又叫“唐伯虎三笑姻缘”，再后来就变成了星爷的《唐伯虎点秋香》……

慈航道人

◎ 409年

鸠摩罗什使用『观世音』译名

《封神演义》里的慈航道人，就是佛教里的观世音菩萨，这个并无疑问。观世音信仰在中国十分普及，而“观世音”这个名字，是佛学大师、大翻译家鸠摩罗什确定的。

观世音菩萨的功德主要记录在《法华经》中的《观世音菩萨普门品》里。早在晋太康七年（286），高僧竺法护就已经译出了这篇，但取名为“光世音”。后秦弘始三年（401），后秦皇帝姚兴派人迎接鸠摩罗什入长安，在长安南建草堂寺。弘始十一年（409），鸠摩罗什与弟子译成《大品般若经》《法华经》《维摩诘经》《阿弥陀经》《金刚经》等经。在《法华经》中，鸠摩罗什将以前的译名“光世音”正式定名为“观世音”，标志着观世音信仰开始在中国流传。

《观世音菩萨普门品》主要讲的是观世音菩萨寻声救苦，大慈大悲。比如：

若有无量百千万亿众生，受诸苦恼，闻是观世音菩萨，一心称名，观世音菩萨，即时观其音声，皆得解脱。

若有持是观世音菩萨名者，设入大火，火不能烧，由是菩萨威神力故。若为大水所漂，称其名号，即得浅处。

若复有人，临当被害，称观世音菩萨名者，彼所执刀杖，寻段段坏，而得解脱。

设复有人，若有罪若无罪，杻械枷锁，检系其身，称观世音菩萨名者，皆悉断坏，即得解脱。

这些话在当时是相当管用的。因为当时南北分裂，刀兵不断，念观世音名号，入火不能烧，入水不能溺，刀砍刀坏，绳绑绳断，这样神力，当然圈粉无数。于是，观世音菩萨的声名一下子火了起来。

观世音信仰和阿弥陀佛信仰齐名，号称“家家观世音，户户阿弥陀”。这两位管的恰好是凡人的一生一死。根据设定，生前遇到磨难，称念观世音名号，则可免除；临死时念几声“南无阿弥陀佛”，又可以往生极乐，永远不在这个娑婆世界受苦。而且阿弥陀佛来接引的时候，观世音菩萨又作为胁侍菩萨一同前来，完全无缝衔接，这“一条龙”服务实在是太到位了！

哪吒

◎ 约421年

北凉昙无谶引入哪吒信仰

《封神演义》里最有名的英雄人物，第一当推哪吒。为了写他，《封神演义》特意用了三回篇幅，来写他出世、闹海、斗石矶、寻父报仇等故事。

哪吒原是佛教神，是北方毗沙门天王的第三子，原本充当天王护法。大约在南北朝时期，哪吒随着毗沙门信仰传入中国。

中土佛典中，哪吒最早出现于北凉昙无谶译《佛所行赞》中，当时他的名字是“那罗鸠婆”。此外还有“那吒俱伐罗”“那吒矩钵罗”等名字，都是梵语“Nalakubara”的音译。昙无谶是印度高僧，大约在北凉玄始十年（421）时，北凉国主沮渠蒙逊迎接他到姑臧来译经，后于433年逝世。

哪吒“析骨还父，析肉还母”的故事在佛典里并没有，但宋代禅宗僧人经常拿它当成“话头”来参禅。例如《景德传灯录》记载：

问：“那咤太子析骨还父析肉还母，如何是那咤本来身？”

问：“那咤太子析肉还母析骨还父，然后于莲华上为父母说法。未审如何是太子身？”

这个“析骨还父，析肉还母，如何是太子身”的问题，并不是佛经故事，而类似一个思想实验。它的意思是问，什么才是真正的自己呢?

你说骨头是你的，但不对呀，骨头是父亲给的；你说肉是你的，但不对呀，肉是母亲给的（按古人的逻辑）。父精母血创造了你，你身上的一切都是父母给你的，那你自己在哪里呢?

其实，《封神演义》里的哪吒现莲花化身，

已经隐隐触及了这个问题：一个人怎样才能成为人，而不是父母骨血的延续？他独立的人格在哪里？是什么时候、以什么标志确立的？

哪吒现莲花化身，是一个直击事物本质的问题，而且还可以转化为类似“忒休斯之船”的问题，只需稍微改动一下剧情。

假如哪吒剔下一块肉，太乙真人就给他补上一块藕。这样，当骨肉剔尽，所有的骨肉都被莲藕替换，全身变为莲花化身（且并无魂魄），这个哪吒还是原来的哪吒吗？如果是，那他已经没有最初的任何一块肉了；如果不是，那他是从什么时候不是的？

南北朝

三霄

◎ 约426年

刘敬叔记录紫姑神故事

《封神演义》里的云霄、碧霄、琼霄，手持法宝金蛟剪、混元金斗，摆下黄河阵，把阐教十二仙都吸了进去，削去三花，变成凡人，十分厉害。元始天尊来，才将三霄降服，后来封为“感应随时仙姑”，又称“坑三姑娘之神”。

坑就是茅坑，坑三姑娘就是厕神，混元金斗就是马桶（古人生孩子也生在马桶里），而金蛟剪就是剪断婴儿脐带的剪子。因为十二仙当年也都是凡人，经过混元金斗才诞生到世间，所以碰上混元金斗就回复到当年的状态了。

厕神的来源十分古老。早在南朝宋时，刘敬叔就在《异苑》中记录了厕神紫姑：

> 世有紫姑神，古来相传云：是人家妾，为大妇所嫉，每以秽事相次役。正月十五日，感激（激愤）而死，故世人以其日作其形，夜于厕间或猪栏边迎之。

据此，紫姑神是一位小妾，被正房迫害，于正月十五日激愤自杀。所以世人每逢正月十五，就把她的画像挂在厕所或猪圈（古代猪圈和厕所一体）旁边迎接她。

这个故事一直在民间流传，直到几百年后，苏轼还在黄州亲自参加了一次紫姑神的降笔（即扶乩）。紫姑神自称是“寿阳人也，姓何氏，名媚，字丽卿”，被寿阳刺史之妻杀害于厕所中。苏轼还据此写成了《子姑神记》。

紫姑其实就是“厕姑”，因为“厕”字不雅，所以改成“紫”字。紫姑又叫“坑三姑娘”，是因为她本来行三，而不是三个姑娘。《封神演义》大概没搞清楚，就编出三个姑娘的故事了。

刘敬叔生平不详，只知道他元嘉三年（426）为给事黄门郎，泰始年间去世，则此事系在元嘉三年。

元始天尊

◎约 492 年

陶弘景确立元始天尊主神地位

《封神演义》里的元始天尊是鸿钧道人的二徒弟，位置在老子（太上老君）之下。这个设定很有创意，因为它等于告诉我们，这些大神的谱系并不是一成不变的。

元始天尊是道教中地位至高无上的大神。道教说元始天尊生于太元之先，禀自然之气，冲虚凝远，莫知其极。天尊之体，常存不灭，每至天地初开，或在玉京之上，或在穷桑之野，授以秘道，谓之开劫度人。无宗无上，而独能为万物之始，故名元始。运道一切为极尊，而常处二清，出诸天上，故称天尊……也不用多抄了，反正你知道他很厉害，特别至高无上，就可以了。

元始天尊和太上道君（又称灵宝天尊）、太上老君合称“三清”。然而这个顺序并不是一开始就有的，而是经过“博弈”后的结果。

道教初创的时候，东汉的张道陵、于吉等创作的道书，都托名太上老君传授，所以把太上老君当成道教最高神。直到东晋，北方道教仍然以太上老君为最高神。

但东晋又出现了一些新教派，如灵宝派、上清派。这些道派不再奉太上老君为最高神。上清派以元始天王或太上道君地位为最尊，灵宝派以元始天尊和太上道君地位为最显。如果提到太上老君，就把他摆在一个次要的位置上。有些道书里甚至把太上老君当成元始天尊、太上道君的弟子。

等到了南朝梁陶弘景时代，道教神灵已经庞杂无比，有从古代传承的，有各门各派编的，还有民间的各种俗神。陶弘景作为上清派大宗师，就专门编了一部《真灵位业图》。这是一部非常系统的神谱，将神仙分为七个等级（位）。第一中位为玉清元始天尊。第二中位为上清高圣太上玉晨玄皇大道君（玉清众神已“心相入寂”，所以这位太上道君是实际上的第一位[1]，相当于常务副职）。第三中位是“太极金阙帝君，姓李”，似乎就是老子。而第三级最末又有一位“老聃”，则确实是那位图书馆馆长。第四中位又安排了一个“太清太上老君”，这是明显打压老子（太上老君）的做法，把他的各种尊号、化身拆了个七零八落，使其再也没法和元始天尊抗衡。

而且，在这个神谱中，第二级的配神全是上清派宗师，第三级的配神全是灵宝派宗师，第四级才是天师道的宗师。这也算是陶弘景夹带的“私货”。

陶弘景写作《真灵位业图》的时间，应该在永明十年（492）他退隐茅山之后，所以本书将这件事系在此年[2]。

虽然后代道教并没有完全吸纳《真灵位业图》的神谱，但元始天尊、太上道君、太上老君的次序却沿用了下来。这就等于当时的道教各派都派出了一位代表：玉清元始天尊代表上清派，上清灵宝天尊（太上道君）代表灵宝派，太上老君代表北方天师道。

南北朝后期，北朝道教也开始接受元始天尊。隋以后，全国统一，道教也不能再有分裂的局面。于是这几位尊神的序列也就随之确定，以元始天尊居首，太上道君次之，太上老君又次之。这样看，是南方道教胜出了。没想到一千年后，《封神演义》又来了个大反转，把老子抬了上来，把元始天尊压了下去，这恐怕是陶弘景始料未及的。

1　王家葵《真灵位业图校理》。
2　卿希泰《中国道教史》第一卷。

俱留孙

◎ 约510年

拘留孙佛名传入中国

南北朝真是一个宗教大繁荣的时期，不但道教繁荣昌盛，大量佛经也从西域传了进来，这其中就有印度高僧菩提流支带来的上万夹梵文经典。

菩提流支是印度人，精通佛法，于北魏永平元年（508）经西域来到洛阳。魏宣武帝请他翻译佛经，前后三十年。北魏分裂后，东魏天平年间（534—537），菩提流支尚在世，后不知所终。

在洛阳，菩提流支与另一位印度高僧勒那摩提合作，翻译了大批经书，并且传习、弘扬《十地经论》，创立了“地论学派”。

魏宣武帝十分重视译经，拨给通晓佛学的僧侣和儒士千余人作为译经助手。译场设在皇宫内的太极殿，开译的第一天，宣武帝亲临译场，亲自担任笔受（记录中文的写手）。

有一部《佛说佛名经》，传为菩提流支所译（即便不是他翻译，流传时间也大概在这个时代），其中记录了过去、现在、未来的上万个佛名。佛教对时间的划分一般是：过去庄严劫、现在贤劫、未来星宿劫。这部经列举了三劫之中出现过的或将要出现的佛名。我们现在所处的“贤劫”，已经出了四位佛：拘留孙佛、拘那含牟尼佛、迦叶佛、释迦牟尼佛。

贤劫的第一位是拘留孙佛，也就是《封神演义》里的“惧留孙”。《封神演义》说他“入释成佛”，显然是让他成为贤劫的“开劫第一佛”（当然商末是不是贤劫之初，作者并不在意），地位十分重要。他出世之后，再有两位佛出世，才轮到创建佛教的释迦牟尼（第五位是弥勒佛，目前还没有出世）。《封神演义》故事的时代是商末，比释迦牟尼佛的时代要早，所以《封神演义》里是不会有释迦牟尼的。

文殊广法天尊

◎约550年

北齐王子于五台山供养文殊

《封神演义》中的文殊广法天尊住五龙山云霄洞，这自然是从五台山文殊菩萨改编而来的。

我们今天知道，四大菩萨有四大道场：五台山是文殊菩萨道场，峨眉山是普贤菩萨道场，普陀山是观音菩萨道场，九华山是地藏菩萨道场。但有个问题：这几位菩萨都是印度来的，为什么他们的道场反倒都是中国名山呢？

实际上，这几个道场本来就是中国人根据佛经中的描绘“安排”出来的。五台山成为文殊菩萨道场，一个主要的根据是《华严经》。《华严经》的《诸菩萨住处品》中说：

> 东北方有处，名清凉山。从昔以来，诸菩萨众，于中止住。现有菩萨，名文殊师利，与其眷属，诸菩萨众，一万人俱，常在其中，而演说法。

这个“清凉山”，其实只是佛经中出现的一个名字而已。南北朝至唐初，文殊菩萨信仰流行，当时的人认为这座位于太行山北部的大山就是《华严经》里的“清凉山”。因为它确实四季“清凉”，也确实在印度的东北。而且有许多高僧都给这座山“背书”，信誓旦旦地说在这里用“天眼”看见了文殊菩萨。因此五台山就和文殊菩萨联系在一起了。

五台山有一个地方叫“王子烧身处”。

> 齐帝三王子性乐佛法，思见文殊，故来山寻，如其所愿，烧身供养，而起塔所。将内侍刘谦之于此寺中，七日行道，祈请文殊，既遇圣者，奄复丈夫。晓悟华严经义，乃造华严论六百卷。（道宣《续高僧传》卷二十五“明隐传”）

这位“齐帝三王子”，指的是北齐的某位皇子，但无法考证是谁。又说内侍刘谦之在这里礼拜文殊，居然长出了那个东西。这两件事考诸史实，有许多错讹矛盾之处，可能都是传说。但可以据此认为，北齐年间（550—577），五台山的文殊菩萨信仰已经受到当时高层的关注，颇成气候了。

唐

四大天王

◎ 649年

名将李靖去世

《封神演义》里有一位“托塔天王”李靖，又有四大天王魔礼青、魔礼红、魔礼海、魔礼寿。这五个人之间其实有很复杂的关系。

四大天王本是印度神。印度神话认为，世界的中心叫须弥山，四天王住在山腰，负责守卫四方。汉传佛教寺院一般都在进门第一座殿里供奉四大天王，作为佛教的护法。

魔家四将当然是《封神演义》编的，他们的本名是持国天王、增长天王、广目天王、多闻天王。隋唐时期，四天王信仰从西域传到了中国。

而四天王中，又以北方多闻天王（又称毗沙门天王）最为有名，作为战神、财神广受供奉。他的造型是一手托宝塔，一手持戟或剑，携哪吒太子守卫北方。据唐代僧人不空在《毗沙门天王随军护法仪轨》中说，天宝元年（742），大石、康等五国围安西城，安西请兵救援，但安西离京城长安一万二千里，远水不解近渴。僧一行就建立道场，祈请北方天王发神兵救援。果然，毗沙门天王在安西城北城楼现身，退去敌兵。

这个故事应该是佛教传说，但可以想见当时毗沙门天王信仰之兴盛。甚至有小混混在身上文毗沙门像，官府就不敢动刑。

而李靖是唐朝的开国名将，灭东突厥，破吐谷浑，扫平域内，立下赫赫战功，去世后被封为卫国公，世称李卫公。

李靖生前名气就已经很大，他去世后，民间立李卫公庙供奉，并流传着许多关于他的传说。不但诞生了“风尘三侠”（虬髯客、李靖、红拂女）的故事，还传他已经成仙。唐大历年间，嘉兴有人得了白癜风，毛发脱落，因此悲观厌世，逃到深山中，遇到一个老人，赐给他仙药，约他二十年后再见，并授以长生之道。此人拜问老人姓名，老人才说自己是李靖。

此外还有故事说李靖年轻时出外打猎，晚上投宿一户人家，不料这家主人是龙神。李靖就代龙神行雨，后世传他为地方雨神。

李靖出名之后，有人认为他就是毗沙门天王，于是让他继承了毗沙门天王的法宝——戟（《封神演义》里李靖的兵器）、剑（《西游记》里的斩妖剑）、宝塔（《封神演义》里的三十三天黄金宝塔），连他的儿子哪吒都一起篡夺过来了。

毗沙门本来和李靖半点儿关系都没有，为什么会混淆呢？学者对此也有不同的说法。有人说因为李靖字药师，药师和“药叉”（即夜叉）音近[1]。也有人说是李靖本来和管龙王的毗留博叉天王相混，然后又因为两者都带个“毗”字，又和毗沙门天王相混了[2]。还有人认为，毗沙门是战神，而李靖在唐代也是战神，被西北军将奉祀，甚至当时可能就有李靖为毗沙门转世的故事[3]。各种原因混到一起，四大天王就多出来一个李靖了。

李靖本来是唐朝人，《封神演义》硬把他安到商朝，这也是没有办法的事。他的香火过于旺盛，为了讲他（包括他儿子）的故事，也只能不加解释地让他穿越了！

1 （日）二阶堂善弘《哪吒太子考》。
2 柳存仁《毗沙门天王父子与中国小说之关系》。
3 栾保群、吕宗力《中国神怪大辞典》。

金吒

◎ 653年

阿地瞿多引入军荼利明王信仰

《封神演义》里李靖的大儿子金吒，其实也是将别的神拉过来充当的。

金吒原来叫“军吒”或“君吒”，就是佛教中的“军荼利明王”，是梵语 kundali 的音译，意译是“瓶子”，也译为“军吒利”。瓶子是盛甘露的，所以也译为“甘露军荼利”，为佛教密宗里重要的明王。密宗将他（又名“大笑明王”）和降三世明王、大威德明王、马头明王等并称“十大明王”。所以《西游记》说他在如来面前做前部护法，这并没有写错。

军荼利明王最早引入中土，当归功于印度高僧、翻译家阿地瞿多。

玄奘法师去印度求法，为流芳百世的壮举。其实当时，中国和印度的交往很频繁，也有印度高僧来中国弘法的。阿地瞿多就是其中的一位。他携带很多梵本佛经，于唐高宗永徽三年（652）来到长安。高宗十分重视，将他安置在大慈恩寺，于是他和玄奘法师一起译经。

永徽四年至五年（653—654），阿地瞿多译出《陀罗尼集经》，其中第一次提到了军荼利修持法。军荼利法十分丰富，通过结军荼利印（如军荼利香炉法印、军荼利降魔王印），持诵军荼利咒，建造军荼利救病法坛等。军荼利明王管的事非常多，除了治病、驱鬼，还有求雨、求晴、战胜、保平安等各种功能。其中“军荼利治鬼病咒品”主要是保护儿童不受恶鬼侵扰，所以唐代儿童多有直接取名“军吒”的[1]。

军荼利明王的画像是一头八臂，八只手里拿着长戟、赤蛇、金轮、金刚杵等，凶恶异常。

1　见唐权德舆《殇孙进马墓志铭》。

> 遍身青色，两眼俱赤，揽发成髻，其头发色黑赤交，杂如三昧火焰，张眼大怒，上齿皆露而咬下唇，作大嗔面。有二赤蛇两头相交，垂在胸前。

此外，军荼利还可以现童子像，名叫军荼利金刚童子，左手持金刚杵，右手持三叉戟，坐在莲花座上。大概这个形象和哪吒一样，都是童子的模样；以及军荼利明王本来就有保护儿童的功能，因此被老百姓拉去充当毗沙门天王（以及李靖）的儿子了。

木吒

◎ 661年

僧伽携弟子木叉来泗州传教

唐初有一位西域高僧名叫僧伽，来到中国江淮一带传教。唐高宗龙朔元年（661），僧伽在山阳（在今江苏淮安）龙兴寺渐有神异事迹，同年到泗州临淮（今江苏盱眙）建普照王寺布道，声名远播，受到百姓的崇拜。景龙二年（708），僧伽应召入长安，被唐中宗封为国师，并敕封泗州寺为“普光王寺”。景龙四年（710）僧伽圆寂，被奉为“泗州大圣”。

僧伽很有名气，而且在生前、死后影响了很多社会名流，李白、苏轼都写过和他有关的诗文。这就是《西游记》里“大圣国师王菩萨”的原型，孙悟空在小西天斗不过黄眉怪，就曾去泗州城请大圣国师王菩萨帮忙。大圣国师王派小张太子和四大神将前往征讨，虽然并未取胜，但也足见僧伽信仰在当地的势力。另外，当地还流传着僧伽降服水母（前身是淮河水怪无支祁，也是孙悟空的原型之一）的传说。

唐中宗封僧伽为“国师”后，还“敕恩度弟子三人，慧岸、慧俨、木叉，各赐衣盂，令嗣香火”。木叉（梵语，意为“解脱”）自幼剃度，跟随僧伽多年，也经常显示灵异，后被封为“真相大师”。木叉和慧岸本是师兄弟关系，然而时间长了，竟然被混成一个人（那位慧俨似乎也和慧岸“合并”了）。

僧伽很早就被认为是观世音菩萨化身。《僧伽传》说：

> 帝（唐中宗）以仰慕不忘，因问万回师曰：彼僧伽者，何人也？对曰：观音菩萨化身也。经不云乎？应以比丘身得度者，故现之沙门相也。
>
> （僧伽）尝卧贺跋氏家，身忽长其床榻各三尺许，莫不惊怪，次现十一面观音形。

所以，在《西游记》里，观音菩萨的大弟子

就是惠岸（慧岸）。又说他别名为“木叉”，这实际上是从僧伽这儿来的。甚至那个小张太子也应该是木叉的一个分身。

哪吒信仰火起来后，人们就喜欢给他配哥们兄弟。一看“木叉”这个名字和“哪吒”有点像，就把“木叉”改成“木吒”，把他当成哪吒的二哥。没办法，民间经常把本来没关系的事情弄成有关系，古今都一个样。

韦护

◎约666年

道宣梦韦将军之子订正法义

《封神演义》中的韦护善使降魔杵，其实他就是广为人知的佛教护法韦陀。韦陀的形象是一个青年武将，顶盔贯甲，手持降魔杵，一般都塑在寺院第一座大殿的背后。

这个形象源于一个故事。《大慈恩寺三藏法师传》记载：

> （玄奘）法师亡后，西明寺上座道宣律师有感神之德，至乾封年中（666—668），见有神现自云：“弟子是韦将军诸天之子，主领鬼神。如来欲入涅槃，敕弟子护持赡部遗法。比见师戒行清严，留心律部，四方有疑，皆来咨决。所制轻重，时有乖错。师年寿渐促，文记不正便误后人。以是故来示师佛意。”

意思是说，这位韦公子是来护持天下佛法的（“赡部”即南赡部洲，在当时的思想中包括了印度、中国在内），看道宣法师对佛法的理解有误，怕他岁数大了，来不及改，贻误后人，就来纠正。于是韦公子一一指出道宣著作里的错误，道宣又惊又喜，就向他请教各种佛法的疑问，这位韦公子也一一回答。道宣又问古往今来的传法高僧，包括玄奘法师的水平高下。韦公子对玄奘的评价极高，认为他福德双全，翻译的佛经既准确又优美。

> 自古诸师解行互有短长，而不一准。且如奘师一人九生已来备修福慧两业，生生之中外闻博洽聪慧辩才，于赡部洲脂那国（即中国）常为第一，福德亦然。其所翻译文质相兼，无违梵本。

这个故事透露了两件有趣的事：第一，这个奉命“护持赡部遗法”的韦公子，其实成了韦陀尊者造型的一个参考。韦陀被塑成少年将军的形象立在庙里，而且经常印在经书的最后一页作为护法，和这个韦公子关系很大。

第二，韦公子说“奘师一人九生已来备修福慧两业”，这就给后来《西游记》里“十世修行的好人”提供了原型。所以早期西游故事说唐僧世世修行，世世取经，结果走到流沙，就被深沙神（即沙和尚）吃了，前后一共被吃了九次。百回本《西游记》里，沙和尚的身上还挂着九个骷髅，这也为“吃唐僧肉可以长生不老”这个传闻提供了理论基础。

所以，假如真有人向西天路上的妖怪透露“吃唐僧肉长生不老”的秘密，那么这个秘密一定是韦陀泄露出去的。

金灵圣母

◎约723年

一行封扣北斗故事的流行

金灵圣母是截教通天教主的第二位弟子，在万仙阵中坐七香车排兵布阵，最后被燃灯道人用定海珠打死。最后她的地位很高，被封为上四部斗部正神的首领，号称“斗母”。

斗母是北斗的母亲。北斗七星从原始社会开始就被人崇拜。到了唐代，道教又给北斗七星（或九星）安上一位母亲，就是斗母。

斗母出现后，又和佛教摩利支天信仰合流，形成了三面、八臂、手中持有法器的模样。这个形象的塑像，在今天的各道观中仍有供奉。

摩利支天是佛教神，梵文为Marici，意译“威光天女”，三头八臂，坐七头猪车。所以，《封神演义》里金灵圣母坐的“七香车”，其实应该是“七猪车”。

摩利支天和斗姆是两尊神，但是在流传中经常混淆，因为摩利支天的七头猪和中国北斗七星能扯到一起。例如在唐代流传着这样一个故事——

唐段成式《酉阳杂俎》记载，唐代高僧一行年轻时很穷，受邻居王姥接济。后来王姥的儿子犯了杀人罪，王姥求一行帮忙，一行假装拒绝，王姥大怒，骂一行忘恩负义。实际上一行是在想办法帮她。他算准了日子，叫了两个仆人，说长安城中某坊某个角落有个废弃的菜园子，你们去那里藏起来，从中午到傍晚这段时间里，会有东西进来。如果数目是七个，你们就捉来见我，不许走丢一个。仆人去了，果然快到傍晚的时候，跑进来一群小猪，数了数正好是七个，仆人就把小猪捉来。一行就画符念咒，把它们封在浑天寺的一间空房内。第二天，玄宗皇帝火速召见他，说北斗七星突然不见了。一行趁机劝他大赦天下，玄宗果然听从，王姥的儿子也就被放了出来。当天晚上，北斗出现了一颗星，七天后恢复了原状。

这件事在当时十分有名，段成式说：“此事颇怪，然大传众口，不得不著之。”可见不是完全虚构的小说。恰好摩利支天的坐骑也是七头猪，民间就把这两位神仙拉到一起了。

这个故事如果有点影子的话，就是玄宗大赦天下这事在历史上确实发生过。当时有开元十一年（723）、二十年（732）和二十七年（739）三次大赦。而一行于开元九年（721）受命编制新历，开元十五年（727）去世，后两次大赦他并未经历。开元十一年正是僧一行备受尊崇之时，所以这个故事应该流传于723年之后。

普贤真人

◎ 776年

澄观认定峨眉山为普贤道场

《封神演义》里的普贤真人是木吒的师父，也就是佛教的普贤菩萨。普贤菩萨信仰也大约是在魏晋以后传入中国的。如西晋竺法护译《生经》，北凉昙无谶译《悲华经》，都涉及普贤菩萨信仰。普贤很可能实有其人，其生活时代在公元前部派佛教时期。他是一位佛教信徒，属于刹帝利种姓，在社会上颇有地位，因其具有大誓愿，为佛教界所尊崇，到了大乘佛教时期就被奉为菩萨[1]。

但是普贤菩萨信仰在唐代才真正兴盛起来，其中一个重要的标志，就是峨眉山被确立为普贤菩萨道场。

关于普贤菩萨的住处，主要根据仍然是《华严经》中的《诸菩萨住处品》。其中说：

> 西南方有处，名光明山，从昔已来，诸菩萨众，于中止住。现有菩萨，名曰贤胜（即普贤），与其眷属，诸菩萨众，三千人俱，常在其中，而演说法。

这个光明山在哪里呢？当然这也只是佛经的创造，但中国人就喜欢在境内找对应，这一找就找到了四川的峨眉山。峨眉山在西南方，经常有“佛光”出现，得了，就它吧！

所以，隋唐时期不少高僧来峨眉山“巡礼”，就是来朝拜普贤菩萨，据说都如愿以偿，看到了普贤显圣。而让峨眉山真正确立普贤道场地位的，是被尊为华严宗四祖的澄观大师（不是韦小宝的那个师侄）。

> 大历十一年（776），誓游五台，一一巡礼，祥瑞愈繁。仍往峨眉，求见普贤，登险陟高，

1　张子开《普贤信仰及大乘普贤形象的演化》。

备观圣像。（《宋高僧传》）

有了佛教“大咖”的背书，峨眉山和普贤的关系，以及普贤菩萨信仰，就上了一个新台阶。

殷郊

◎ 约800年

陈周辅记录殷太子为太岁故事

《封神演义》中把殷郊封为太岁神。太岁本是古人假想的星体，用来纪年，后来把它神化，用于占卜、择吉。唐代就出现了太岁是殷纣王太子的说法。《永乐大典》节选了一段唐代待诏陈周辅的《四门经》，其中是这样说的：

> 六盘山人氏，姓姚，名宝，字万卿。年二十岁，为官聪明正直。作道德，人慈祥。天帝遥知，白日上升。随遣金甲神人，降来下方，与纣王为太子。年长一十七岁，文章冠世，武略过人。夜梦青衣童子，从天而降，言：请太子赴王母蟠桃晏会。随青衣童子至于王母宫中，众仙会饮。忽见二仙童所至。王母曰：此太子是秦王帝，今落人间，与纣王为太子。王母遂审其言，遣太子离宫。撒然梦觉回至。太子每思其会，随修表章，上祀王母圣意，奏王母收表，令呈玉帝上知，命太子辞世命终。上帝降敕，封作人间管在世王宫、万民舍宇宅神太岁，内外第一位尊神之主。若人犯之，令家长不安，立有祸殃。赞曰：纣王宫殿立其身，善治家邦善治民；因赴天宫王母会，世间宅内管诸神。

在这个故事里，太岁的前身是姚宝，他修成仙道后，降在纣王宫中为太子，因思念天宫，辞世命终，被封为太岁神。这里还没有出现殷郊的名字，但是基本设定已经有了。

这部《四门经》确实曾有流传，宋代藏书家陈振孙还在他的图书目录《直斋书录解题》里记录过。但陈周辅到底是什么人，这部经是否为托他的名所作，今天已经不知道了。在陈振孙的书目里，和这部经在一起的，还有《紫宙经》《青罗立成历》等，基本成书都在贞元（785—805）、元和（806—820）年间以后，所以这里把这部经的产生系在公元800年左右。

宋

余化龙

◎ 1008年

宋真宗建泰山玉女庙

《封神演义》里的潼关守将余化龙有五个儿子，小儿子余德擅长散播痘疹，挡住伐纣大军很久。后来关破，余化龙全家殉难，被封为痘神。而余化龙被封为“主痘碧霞元君”，是件十分搞笑的事。因为“元君”是道教专门用来称呼女神、女仙的。余化龙一个大老爷们，怎么可能叫“元君”呢？这应该是《封神演义》作者不了解北方神谱乱搭配的。

“碧霞元君”本是泰山女神，宋元之后流行于北方，又称“泰山娘娘”。后来这个名字也被民间用来称呼南方的一些女神，如助产神大奶夫人、妈祖、彭泽小姑神等，她们的神职和北方这位碧霞元君差不多。就像“文曲星”出名后，反而取代了“电子辞典”这个统称。

但是，余化龙受封的这个痘神，和碧霞元君并不是一点关系都没有。因为碧霞元君的一项重要职能，就是保佑儿童，而儿童出痘（天花）在古代十分平常，而且凶险之极。后来这个神分化出来，成为“痘神娘娘”，但仍然放在碧霞元君的身旁作为陪祀，也可以说是碧霞元君的一个分身。

碧霞元君传说是泰山玉女，有说是黄帝时的神女的，有说是东岳大帝之女的，有说是周武王之女的，也有说是汉明帝时石守道之女入山修成仙道的。宋代时碧霞元君在当地已经小有名气。宋真宗大中祥符元年（1008），封禅泰山，建玉女庙“昭真祠”，并赐玉像。这是碧霞元君信仰确立的重要标志。

此后一千年，碧霞元君香火不绝，直到今天，山东、河北、河南、东北等地农村，仍然有许多碧霞元君庙，以及民间自发组织的法会。然而自从天花疫苗发明之后，痘神娘娘就渐渐从元君庙的神殿上消失了。

燃灯道人

◎ 1015年

自严法师去世

在《封神演义》里，阐教中位居元始天尊之下的，是燃灯道人。这位爷手段又狠又绝，是阐截矛盾的制造者之一。

在《封神演义》里，截教还有一位“定光仙”，奉通天教主之命掌管六魂幡，后来投降了阐教。

其实，燃灯道人和定光仙，原型是同一个，就是佛教的“然灯佛”，也叫“燃灯古佛”“锭光佛”（“锭”在这里是灯的意思），也写成“定光佛”。佛教认为定光佛于久远劫前成佛，授记释迦牟尼的前身梵志儒童。所以然灯佛在佛教中也很受重视，通常把他和现在释迦牟尼佛、未来弥勒佛称为“竖三世佛”。

当一位神仙火起来之后，民间就会认定某些人是他的化身，同时这种人又会反过来带动这位神仙的信仰。就像唐代人认为僧伽是观音菩萨化身一样，在宋代也有人被认定为定光佛的化身，这就是自严法师。这是定光佛信仰史上的一件大事。

自严法师俗姓郑，福建同安人，约生于934年，卒于1015年。他自幼出家，年轻时游历天下，景德初年（1004）往江西南康主持盘古山禅院，大中祥符四年（1011）应邀往汀州府建庙，八年圆寂。

自严法师在福建影响极大，流传着许多关于他的传说。求雨求晴之类的就不用说了，例如怀仁江中有蛟蜃作祟，洪水暴涨。自严写了篇偈语投入江中，洪水即退。又说有强盗围攻县城，自严在城中塔顶放毫光，现出定光佛本相，强盗望风而逃。所以，自严法师死后，很快被社会各界认定为定光佛化身，至今仍有广泛影响。

哼哈二将

知礼法师解释密迹金刚

© 1027 年

《封神演义》里有一位郑伦，为苏护部下的督粮官，使降魔杵，鼻孔中能哼出两道白光，敌将遇到就会坐不住马鞍，跌落在地。此外还有一位青龙关督粮官陈奇，口中能哈出一道黄气，敌将遇到也会跌落在地。这两人后来被封为哼哈二将，经常被塑在佛寺第一间大殿的两侧作为护法。

“哼哈二将”是俗称，他们的正名叫“密迹金刚”，是佛教的护法神将，原来也不是两位，而是一位。密迹金刚原名法意太子，因为亲近佛法，就发誓成为金刚力士，护持诸佛。佛教寺庙的第一座殿，如果塑四尊神将的，一般是四大天王；如果塑两尊的，一般就是密迹金刚——两边都是密迹金刚。

但是，明明是一个人，为什么要塑两尊像呢？宋代高僧知礼在《金光明经文句记》卷九中说：

> 据经唯一人，今状于伽蓝之门，而为二像者，夫应变无方，多亦无咎。

这其实说明，至少在知礼的年代，佛教寺院里就有塑两位金刚的现象了。他解释说，反正佛法应变无方，塑几个都无所谓。这种解释可以说是佛系里的“佛系”了。

其实，塑两尊只是为了对称。但是对称又不能雷同，所以一个塑成闭口，好像是在“哼”；一个塑成张口，好像是在“哈”。当然，民间又给他们加上了许多牵强附会的解释。

知礼是宋初名僧，四明（今浙江宁波）人。宋太宗淳化年间（990—994），主持乾符寺、延庆寺，专事忏讲四十余年，生徒遍于东南。真宗赐号法智大师，世称四明尊者，后世尊为天台宗十七祖。在《金光明经文句记》卷首，有知礼于天圣五年（1027）腊月三日作的小序，所以把这件事系在此年。

准提道人

◎ 约 1100 年

道殿提倡准提信仰

《封神演义》中的准提道人，在西方教仅次于接引道人，又称“准提菩萨”。元代之后，民间的准提信仰仅次于观世音菩萨，而最著名的是“准提咒”：

唵 折隶 主隶 准提 娑婆诃

这句话的大意是“由‘大觉之动’而生起清净的成就”，号称“神咒之王”，只要念诵，家中不遭灾难，渡河不遭陷溺，智慧得以增长，夫妻更加和睦，枷锁离身，益寿延年，几乎和《观世音菩萨普门品》里的功能差不多。

准提信仰普及过程中的一件大事，就是辽高僧道殿编著了一部《显密圆通成佛心要集》，大力提倡准提信仰。因为佛教修行要求出家或者受戒，清规戒律很多，修建道场需要大笔资金，而且千经万典浩如烟海，需要有一定的文化和精力去研读，普通老百姓根本做不到这些。道殿就说，你们不用那么麻烦，只要念准提咒就可以啦。因为“准提总含一切诸真言，准提能含诸咒，诸咒不含准提，如大海能摄百川，百川不摄大海”。念准提咒，就相当于念了千经万典。念准提咒，也“不择染净”，吃肉喝酒都可以。而且不用建造复杂的坛场，随时随地就可以念。

这样准提信仰当然迅速普及开来。如果说阿弥陀佛让更多的人不畏死亡之恐怖，观音菩萨让更多的人不畏生活之艰难，准提菩萨就让更多的人摆脱了信教之繁琐。物美价廉，皆大欢喜。

《显密圆通成佛心要集》成书于辽道宗（1055—1101 年在位）时期，所以把这件事系在 1100 年左右。

罗宣

◎ 1101年

宋徽宗命天下建火德真君殿

《封神演义》里的罗宣本在火龙岛修炼，有三头六臂，还有飞烟剑、五龙轮、万里起云烟、照天印、万鸦壶五件火法宝，精通火系法术，死后被封为火部正神火德星君。而火德星君（火德真君）的信仰，也是从宋代开始流行的。

看一下本书目录就可以发现，佛教和道教是产生神仙的大资源。不过，历史上的朝代总是一段时间崇佛，一段时间崇道，所以我们会发现，佛教神和道教神也是成批交替出现的。《封神演义》里佛教背景的神，有一大批是在唐代确立的信仰。而宋徽宗是一位崇道的皇帝，他葬送了北宋，倒是为我们留下了一大批神仙。

宋徽宗力推的第一位神仙，就是宋朝的“本命神”火德真君。

古代有一套“五德终始说”，认为每个朝代都配五行中的一行。这些朝代以后代前，就是依据五行相生或相克的原则。这套说法流行了两千多年，每朝每代都有专门的学者来推算。宋人也相信这套。

推算的结果是，宋代属于五行中的“火德”，所以宋朝廷特别崇拜火神。建中靖国元年（1101），建阳德观以祀荧惑（火星）。又采纳了翰林学士张康国的建议，天下崇宁观建火德真君殿。

此前，民间和地方的火神信仰，以及源于域外祆教的火神信仰等，在北宋末年基本合流，形成了有中国特色的火神信仰。而火神有许许多多，不管是古代的祝融，还是域外的祆神，天上的火星“荧惑”，只要有一批人信奉，就可以叫“火德真君”或“火德星君”（前者侧重“火”之德，后者侧重火星，但两者渐渐混淆）。《封神演义》里的罗宣，只是火神信仰中的一个而已。

龙王

◎ 1108年

宋徽宗封五龙神为龙王

《封神演义》里的龙王，存在感很弱。因为他们只出现在开头的哪吒闹海故事里，后面再也没有露面。而且，哪吒闹海故事和后面姜子牙伐纣的故事，“画风”其实是不搭的。

因为哪吒故事里已经有的龙王、夜叉李艮等，都已经是天庭册封的正神。龙王受了欺负，要上天告状，似乎告诉我们这个神界已经秩序井然。《封神演义》第十三回哪吒在天宫门外打敖光，敖光骂他竟敢“毁打兴云步（布）雨正神”，说明这时候“兴云布雨”早就有四海龙王该管。然而封神榜上居然又封了一个大部门雷部，让闻仲掌管“兴云布雨，万物长养”，这时候似乎又忘了怎么和龙王做一个权力交接了（清刻本更混乱，居然又把李艮和敖丙封成了完全不搭的“大祸星”和“华盖星”）。所以，哪吒闹海故事，是强行插入在姜子牙伐纣封神故事里的。

龙王本来是佛教神，佛教传入中国后，龙王也就被中国人慢慢接受，但一开始都是民间信仰。官方认定龙王为“正神”的标志性事件，是宋徽宗大观二年（1108）册封天下五龙神为王。

京城东春明坊五龙祠，太祖建隆三年自玄武门徙于此。国朝缘唐祭五龙之制，春秋常行其祀，用中祀礼。真宗大中祥符元年四月，诏修饰神帐。哲宗元祐四年七月赐额。先是熙宁二年八月，信州有五龙庙，祷雨有应，赐额曰“会应”，自是五龙庙皆以此名额云。徽宗大观二年十月，诏天下五龙神皆封王爵，青龙神封广仁王，赤龙神封嘉泽王，黄龙神封孚应王，白龙神封义济王，黑龙神封灵泽王。

这代表着龙王从民间俗神转正，进入了官方祀典，也就是“正神”的序列中。但是，当时的四海神还不是龙王，而只叫“四海神”。直到清雍正二年（1724），才由朝廷敕封四海龙神：东海显仁龙王之神、南海昭明龙王之神、西海正恒龙王之神、北海崇礼龙王之神。所以严格来说，《封神演义》里的东海龙王敖光口口声声称自己是正神，其实是不被人间政府承认的。

闻仲

◎约1117年

宋徽宗推崇神霄雷法

《封神演义》里的闻太师闻仲，骑墨麒麟，手使雌雄鞭，是征伐西岐的重要人物，死后被封为雷部正神“九天应元雷声普化天尊”。

雷部神明显源于道教的雷法。雷法的形成非常古老，可以追溯到上古的雷神崇拜，但是发展为极其复杂的法派却是宋代的事。而宋代雷法中，最有名的当属神霄派。

宋徽宗是个崇道的皇帝。政和年间（1111—1118），宋徽宗宠信道士林灵素，林灵素乘机编写了不少道书，建立了一套新的雷法体系，这就是道教神霄派。因为有宋徽宗撑腰，神霄派在全国迅速流行，一时成为众雷法之首。

林灵素热心政治，借道教干预朝政，留下了不少骂名；但在开创法派上，却是一位大宗师。因为这套神谱体系很有特色，和以往的神谱都不一样。

神霄派也尊崇三清，其下为三帝：紫微大帝、玉皇上帝、后土皇地祇。再往下就是神霄九宸大帝，以神霄玉清真王为主尊（元始天尊的弟弟），其余八位依次是东极青华大帝、九天应元雷声普化天尊、九天雷祖大帝、上清紫微碧玉宫太乙大天帝、六天洞渊大帝、六波天主帝君、可韩司丈人真君、九天采访真君，为元始九气化生。九宸之下还有九司、三省、北极四圣等。

九天应元雷声普化天尊，就位居神霄九宸的第三位，主治玉霄府，总司五雷，不但兴云致雨，生化万物，而且能够“主天之祸福，持物之权衡，掌物掌人，司生司杀”。他在这九位大神里，虽然地位不是最高，但人气很高。甚至他这十个字的名字，就叫“十字经”，诵念就可以躲灾避祸，延年益寿。《封神演义》把这个职位封给了太师闻仲，是和他正气凛然、威风八面的性格分不开的。

九天应元雷声普化天尊之下有五雷都司，下辖一大批雷将，其中最著名的是雷霆三帅：邓伯温、辛汉臣、张元伯。这三位在《封神演义》里被写成闻太师收的邓忠、辛环、张节了，他们都被封在闻仲手下的护法天君里。其余的天君，像殷洪收的庞洪、刘甫、荀章、毕环，即庞、刘、荀、毕，也是著名的雷将。

杨戬

◎ 1121年

宦官杨戬去世

《封神演义》里的杨戬，就是赫赫有名的二郎神。但是北宋又有一位著名的宦官杨戬（？—1121），受宋徽宗宠幸，很有权势。这两个人到底是巧合重名，还是确有关系呢？

实际上是有关系的，因为二郎神信仰在宋代已经十分兴盛。二郎神的来源非常复杂，至少有不下十种可能：

1. 蜀郡守李冰的二儿子叫李二郎，辅佐父亲治水斩蛟有功，故奉为川主。

2. 由毗沙门天王的二儿子独健演化而来，因为是次子，也称为“二郎”。

3. 由犍为太守赵昱斩蛟故事演化而来，即赵二郎。

4. 由邓遐斩蛟故事演化而来，即邓二郎。

5. 由中亚雨神演化而来。

6. 由当地猎神演化而来。

7. 由与李冰共同治水的杨磨演化而来。

8. 由送子张仙演化而来。

9. 由氐族首领杨难当或羌族牧神演化而来。

10. 由祆教拜火信仰演化而来。

这些可能的来源里就有两位姓杨，所以二郎神姓杨也不是完全没有来历。

至于《封神演义》里二郎神为什么叫杨戬，应该和小说《醒世恒言》里《勘皮靴单证二郎神》的故事有关。这个故事说宋徽宗宫里的韩夫人因为养病住到杨戬家中，病愈后到清源妙道真君二郎神庙中烧香还愿，庙官孙神通会妖法，假扮二郎神，夜夜逾墙与韩私通。这个故事在当时就有流传，经过南宋、金、元数百年的演变，二郎神就和杨戬发生了紧密的联系。而且戏曲中的二郎神形象一般没有胡须，和太监形象相似，所以二郎神就被民间安上了一个“杨戬”的名字。

太乙真人

◎ 约1124年

韩驹题太乙真人图

太乙真人在《封神演义》里是哪吒的师父，十二上仙里除了广成子外，最有人气的就是他了。随着哪吒故事的流行，他也越来越有名，在各种游戏、电影里都有出现。

“太乙”即“太一”，是“至道”的别称。汉代非常崇尚“太一”，甚至认为是最高神。

但是“太乙真人”作为一个民间故事、文学艺术中的形象，是唐代之后慢慢形成的。传说天上有“太乙之府”，由太乙真人管辖，并且在晋代时下凡，托生为董奉，在人间治病救人。

宋代之后，出现了很多以“太乙真人”为主题的绘画。其中最有名的，就是北宋李伯时（即李公麟，号龙眠居士）所绘的《太乙真人图》，北宋末年藏于重臣王黼家中。根据文人胡仔的描述，这幅画是“太一真人卧一大莲叶中，手执书卷仰读，萧然有物外思”。诗人韩驹为这幅画题了一首诗，十分有名：

> 太一真人莲叶舟，脱巾露发寒飕飕。轻风为帆浪为楫，卧看玉宇浮中流。中流荡漾翠绡舞，稳如龙骧万斛举。不是峰头十丈花，世间那得叶如许。龙眠画手老入神，尺素幻出真天人。恍然坐我水仙府，苍烟万顷波粼粼。玉堂学士今刘向，禁直岧峣九天上。不须对此融心神，会植青藜夜相访。

王黼死于1126年，而韩驹1123年任秘书少监，次年迁中书舍人兼修国史。他与王黼接触应该就在这几年之间，因此这首诗的年代姑且系在1124年。

《射雕英雄传》里全真七子出场时，每人念了一句诗，其中有刘处玄和丘处机的两句是“海棠花下重阳子，莲叶舟中太乙仙”（实为元成廷圭为道士胡道元作），也是用的这个典故。莲叶几乎就是太乙真人的标志，就像金箍棒是孙悟空的标志一样。所以太乙真人给哪吒用莲花化身，是十分合理的。

电影《哪吒之魔童降世》里，太乙真人负责搞笑，实际上这也是古已有之。有一部署名汉代黄宪的《天禄阁外史》（实为明代人伪托）说：

> 洛阳玄真宫灾，天皇（当指汉灵帝）与太乙真人方祠浮图老子，火围宫苑，烟焰蔽空，宫女悲泣，相枕而焚，天皇几不得脱。太乙真人犹以符咒祝之，火迫亦奔，而出见百官拥列于铜驼陌，惶惧掩面。京师为之语曰：“玄宫火，不得出。太乙真人，焦头烂额。”

意思是说，皇宫火灾，太乙真人作法压镇，然而法术不灵，被烧得焦头烂额，民间就编了歌谣笑话他。此书又说：“故一时宠渥者，若太乙真人，次及董氏（董卓），其次及相国王允。”据此，太乙真人是东汉末年一道士，颇受宠幸。即使这部书为伪书，似乎也说明在明代，太乙真人就已经是一个人气神仙，人们都乐意拿他来编段子。

增福神、损福神

◎ 1188 年

《道门定制》记录注算童子

《封神演义》的道行天尊有两个弟子韩毒龙、薛恶虎，分别死于十绝阵中的地烈阵和寒冰阵，后来被封为“增福神”和“损福神”。

这两个人虽然没什么本领，但是受封的这两个神来头可不小。《道门定制》引《因缘经》：

> 天帝常召注算童子，操青黑二簿，游行人间，检量罪福，随注善恶，上奏天司。司命随其罪之轻重，大则夺纪，小则夺算，罪有余责，殃及子孙。校定善恶，不辍须臾。善则司命、司录即与延年，恶则六天魔鬼收系魂魄。

注算童子又称“主算童子”。“算”原指计算用的竹棍算筹，传说神界用此来计算人的寿数，所以寿命叫“寿算”，折寿就叫“夺算”。还有一位“察命童子”，功能与此相仿。韩毒龙、薛恶虎是两个道童，干的也正是类似的工作。

事实上，认为有神暗中给人增损福寿的这个想法非常古老，负责的神也有司命、灶君、四值功曹等许许多多，甚至“万神共察”。唐代出现了一位“掠刷神”，又叫“掠剩鬼”，专门掠取人的浮财。又有“增福相公”，名叫李诡祖，专管凡间百姓每年该得的衣食。

《道门定制》为南宋道士吕元素编集，前集编于淳熙戊申年（1188），故将注算童子事系在此年。

梅山七怪

◎约 1200 年

南宋杭州人扮七圣游西湖

在二郎神故事里，二郎神通常有七个帮手，这就是“梅山七圣”。《封神演义》里有梅山七怪，分别是白猿、蛇、蜈蚣、牛、猪、羊、狗七种动物成的精。而降服他们的是杨戬，这是作者为了配合七圣故事编出来的。

实际上，这是一笔极其糊涂的糊涂账。首先，既然把七怪收为跟班，就根本不能杀掉。即使杀掉了收取其灵魂，也不能在封神榜上封成这个星那个星[1]。其次，二郎神手下到底是“梅山六兄弟”还是“梅山七兄弟”（也就是说，“七圣”算不算二郎神自己），也是一笔糊涂账，在不同的故事（如《西游记》、民间传说）中并不一致。

但是，梅山七圣的故事出现得很早。宋吴自牧在《梦粱录》里记载了南宋（1127—1279）时杭州的习俗。其中二月八日杭州赛神会上，就有人扮成七圣和二郎神的形象游湖。

> 初八日，西湖画舫尽开，苏堤游人，来往如蚁。其日，龙舟六只，戏于湖中。其舟俱装十太尉、七圣、二郎神、神鬼、快行、锦体浪子、黄胖，杂以鲜色旗伞、花篮、闹竿、鼓吹之类。其余皆簪大花、卷脚帽子、红绿戏衫，执棹行舟，戏游波中。

《西游记》里梅山六兄弟的名字是康、张、姚、李四太尉，再加郭申（世德堂本作“郭甲”）、直健二将军。都江堰的二王庙有梅山七圣塑像，分别是应化郎君（缺其名）、应生真君赵元阳、应耀真人姚光、含晖真人宫嵩、曲度真人李期意、精进真人古强、灵化真人徐佐卿[2]。可见这个七圣的体系是很随意的。

---

1 这件事要怪清代《封神演义》刊刻者的任意修改，明代的《封神演义》版本中并没有给七怪封神。

2 见于南方《四川都江堰市二王庙》。《什邡文史资料》所录又不同，七圣为：生真君赵元宏、郎官廖化、含晖真人宫山高、廖款真人姚光、精进真人古强、度曲真人李明意、灵化真人徐佑卿。然而此殿又有梅山六兄弟：唐（即“康”）、张、桃（即“姚”）、李四太尉，郭申、直健二将军，等于给二郎神一共配了十三个跟班，把两套系统完全捏到了一起。

元

三皇

◎ 1286年

元世祖确立『三皇』的医神地位

伏羲、神农、黄帝这三位虽然都是上古大神，但在《封神演义》里是以“三皇”的名义组队出现的。

“三皇”到底是哪三皇，古书里的说法五花八门。有说是天皇、地皇、泰皇的（《史记·秦始皇本纪》），有说是天皇、地皇、人皇的（纬书《春秋保乾图》），有说是燧人、伏羲、神农的（《尚书大传》），有说是伏羲、神农、祝融的（班固《白虎通义》），还有说是伏羲、女娲、神农的（纬书《春秋运斗枢》）。晋皇甫谧《帝王世纪》以伏羲、神农、黄帝为三皇，也就是《封神演义》里的三皇。

为什么《封神演义》里三皇是这三位呢？因为这个组合与别的组合不同——他们都有医神的属性。

神农尝百草，发现百药，治病救人，这固然不用说。而伏羲的传说里也有尝百草的故事，比如说他区分了药材和五谷，和神农的作用差不多：

> 始尝草木之可食者，一日而遇七十二毒，然后五谷乃形。（《孔丛子·连丛子》卷七）

另外，伏羲还发明了针灸：

> 伏羲氏……尝味百药，而制九针，以拯夭枉焉。（《太平御览》引《帝王世纪》）

黄帝也懂医学，中医学经典《黄帝内经》，就是托名黄帝和岐伯对话所作的（今天还管医术叫“岐黄之术”）。

这三位既然都和医药有关，那么元明之后的人敬奉“三皇”，更多的是把他们当成医神来崇拜。这三位在《封神演义》里也是以医神的神格出现的：一是赐药对付瘟神，一是赐药对付痘神。

除此以外没有什么别的表现。

元明时期，医生的地位并不高。《牡丹亭》说“儒变医，菜变齑”，意思是说儒生放弃了科举，当了医生，就像新鲜蔬菜变成了咸菜一样。大医药学家李时珍年轻时，他父亲也不希望他从医。所以，在朝廷方面有一系列提升医生地位的举动，其中之一就是确立医神，并纳入国家祀典[1]。

至元二十三年（1286），元世祖忽必烈命全国诸路设立三皇庙，祭祀伏羲、神农、黄帝（因为其他的三皇组合与医生无关），正式将这三位尊为医学始祖。这件事很重要，标志着作为医神的“三皇”开始被广泛信奉。所以我们把“三皇”系在这一年。

元贞元年（1295），下面的各郡县也开始祭祀三皇了，而且将古代名医作为陪祀也列入庙内，祭典的规模和祭祀孔子一样。

到了明代，朱元璋觉得三皇是上古帝王，地位崇高，“只叫几个医人在里面看，一年两遍祭，岂不是亵渎”[2]，因此废除了全国的三皇庙。但医生行业仍然在祭祀，太医院里仍然供奉三皇神像。后来虽然又有兴废，但三皇的医神信仰已经形成民俗，无法抹去了。所以在《新白娘子传奇》里，和许仙作对的有一个当地的医生行业协会，名字就叫“三皇祖师会”。

1 张世清《元代医祀三皇考》。
2 《续文献通考·宗庙考》。

明

群星
◎ 约1400年后
神煞系统的完善

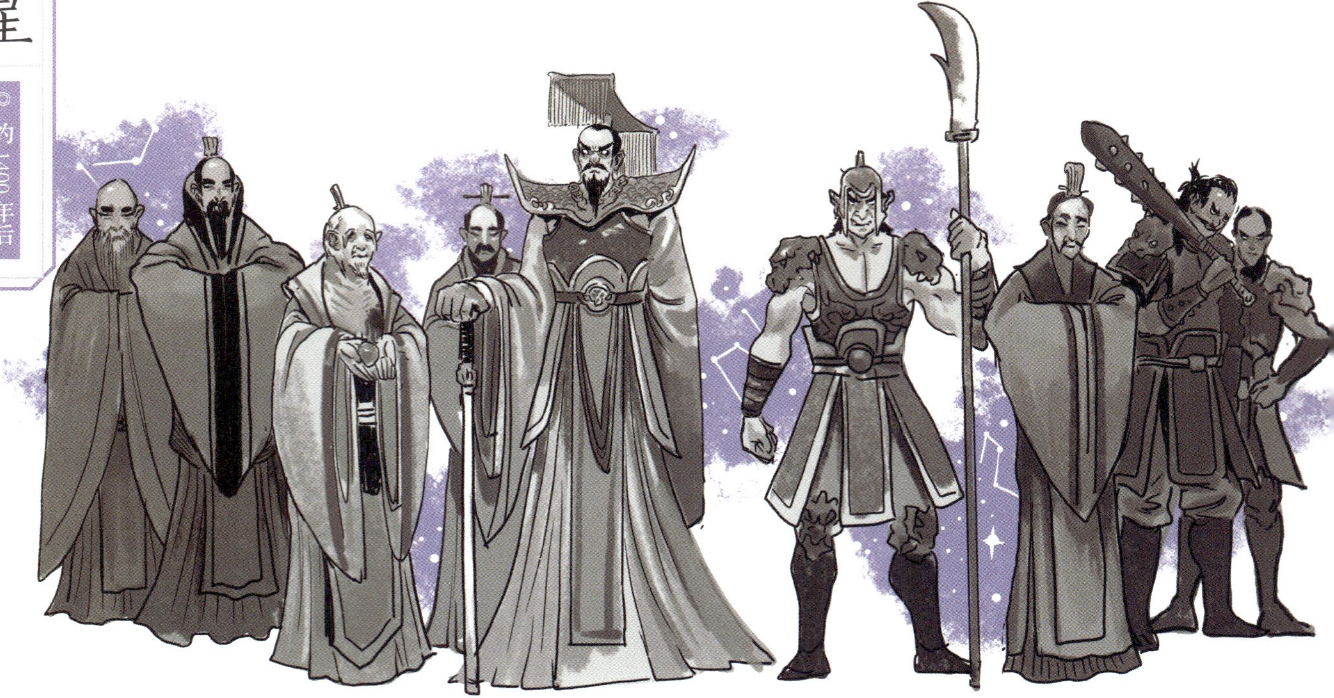

商纣群臣（左起：商容、梅伯、比干、胶鬲、纣王、崇侯虎、费仲、飞廉、恶来）

“封神榜”上人数最多的部门是斗部，而斗部人数最多的就是“群星”部分，一共124个，如青龙星邓九公、玉堂星商容、博士星杜元铣，大耗星崇侯虎等。这些名字初看起来好像都是天上的星，和天狼星、北极星、大角星没什么区别。但实际上，绝大多数和天文学没关系，而是术数化、概念化的“神煞”。

神煞包括吉神和凶煞，本质上是干支、五行、方位的种种配合（当然有些和天上星辰的方位有关系，例如太岁），每种配合可以具象化为一个神煞。

神煞的起源非常古老，战国秦汉时方士就在用。发展到明代，已经多达数百个。直到晚清、民国，民间术士还在不停地创造神煞。因为这些干支、五行、方位的配合几乎是无穷无尽的，只要给一种配合说出道理来，起一个名字，就是一个新的神煞。

斗部人数太多，不能一一介绍，这里仅仅介绍一下上册提到过的纣王和殷商群臣，他们死后全部被封在了斗部。当然，这里只是简单得不能再简单的解释，真正的择吉、占卜比这个讲究得多。而且不同的门派，对神煞的用法也不同。这也算我们传统文化中大众不太熟悉的部分，但却有着深远的影响。例如我们的常用词“灾星”“丧门星”“救命星”“命犯桃花”“福星照命”“五黄六月”“打墙也是动土”……甚至鲁迅的“运交华盖欲何求”，都源于这个隐秘的传统。

“天喜”是吉神，看天喜的方法是：

正月逢戌日、二月逢亥日、三月逢子日、四月逢丑日、五月逢寅日、六月逢卯日、七月逢辰日、八月逢巳日、九月逢午日、十月逢未日、十一月逢申日、十二月逢酉日。（《钦定协纪辨方书》）

例如2020年2月13日，干支历是庚子年戊寅月丙戌日，农历正月二十。注意干支历和农历是两套历法，干支历是以立春为一年起点的。农历说正月、二月、三月、四月……如果说干支历，第一个月叫寅月，第二个叫卯月，第三个叫辰月……

正月逢戌日为天喜，这一天是丙戌日，所以天喜星值日。

天喜是庆喜之神，这天宜封官摆宴、纳采问名、赏赐财物等，还主姻缘美满，据说这天怀孕，主生男孩。

为什么叫天喜呢？因为这天日支（戌）和月建（正月建寅）“三合”（十二地支三个一组，申子辰、巳酉丑、寅午戌、亥卯未这些组合都吉利），寅和戌的组合很吉利。平时说属虎的（寅）和属狗的（戌）结婚般配，也是从这个道理而来。

梅伯被封为天德星。看天德的方法是：

寅月见丁，卯月见申，辰月见壬，巳月见辛，午月见亥，未月见甲，申月见癸，酉月见寅，戌月见丙，亥月见乙，子月见巳，丑月见庚。

例如2020年5月8日，干支历是庚子年辛巳月辛亥日，就是天德日。因为这个月的地支是巳，而辛亥日的日干是“辛”，“巳月见辛”，则为天德。天德星是吉神，它值日这天，嫁娶、开市、求财、送礼都很吉利。

天德和玉堂都属于“十二神”，十二神分黄道六神和黑道六神，在日历上有一个固定的顺序：

一青龙（黄道）、二明堂（黄道）、三天刑（黑道）、四朱雀（黑道）、五金匮（黄道）、六天德（黄道）、七白虎（黑道）、八玉堂（黄道）、九天牢（黑道）、十玄武（黑道）、十一司命（黄道）、十二勾陈（黑道）。

所以，找到“天德”之后，往后数两天就是“玉堂”。比如5月8日是天德值日，往后数到5月10日，就是商容管的玉堂值日，动土、盖房、上梁、安葬、求财都很吉利。

胶鬲
奏书星

胶鬲被封为奏书星。奏书星的特点和位置是：

奏书者，岁之贵神也，掌奏记，主伺察，所理之地宜祭祀、求福、营建宫室、修饰垣墙。

岁在东方（寅、卯、辰），奏书在东北维。岁在南方（巳、午、未），奏书在东南维。岁在西方（申、酉、戌），奏书在西南维。岁在北方（子、丑、亥），奏书在西北维。[1]

例如2020年是庚子年，太岁在北方，则奏书星在西北方向（乾位）。这个方位适合祭祀、求福、盖房、垒墙等。

1　《钦定协纪辨方书》。

比干
文曲星

和真正天文学有点儿关系的是比干的文曲星，它属于北斗九星里的第四颗，也叫天权，西方星座命名法是大熊座 δ。文曲星主管文运，民间又将其演化为“文财神”（《封神演义》里的北斗九星和道教文化里的有一些差别，应以道教为准）。

崇侯虎

大耗星

崇侯虎被封为大耗星。大耗又叫“岁破”，它的含义是：

> 大耗者，岁中虚耗之神也。所理之地不可营造仓库、纳财物，犯之当有寇贼惊恐之事。
>
> 常居岁冲之地。[1]

因为它叫“岁破”，所以特别能“冲击破散”，搞破坏。岁冲，就是和太岁星对面的位置。太岁在东，它在西；太岁在南，它在北。知道一年中太岁当值在哪方，就可以知道大耗星在它对面的一方了。如2020年（庚子）太岁在子位（正北方），大耗就在午位（正南方）。迷信认为这个位置不宜建仓库、进财物。

1 《钦定协纪辨方书》。

费仲

勾绞星

费仲被封为勾绞星，这是一个可以作用于自己命运的凶煞。迷信认为勾绞星入命，会口舌风波不断。

看勾绞的方法是“命前三辰为勾，命后三辰为绞”。例如 1984 年是甲子年，子的前三位是卯，后三位是酉。八字地支里如果碰上卯，就叫带“勾煞”；如果碰上酉，就叫带“绞煞”；如果全碰到，就叫带“勾绞煞”。

假如某人生于 1984 年 10 月 12 日晚上 10 点，就是甲子年、甲戌月、己卯日、乙亥时（年月日时的干支叫“四柱”）。子年碰上卯日，命里就带“勾煞”。要是他早生几天，生于 10 月 4 日晚上 10 点，就是甲子年、癸酉月、辛未日、己亥时。子年碰上酉月，命里就带“绞煞”。如果他再早生几个小时，生于 10 月 4 日早上 6 点呢，就是甲子年、癸酉月、辛未日、辛卯时。子年碰上卯时，带“勾煞”；又碰上酉月，带“绞煞”，合起来就叫带“勾绞煞”。

飞廉、恶来

冰消瓦解之神

飞廉、恶来，是姜子牙最后斩的，封为“冰消瓦解”之神，也是两个凶煞。

这两个神，并不是管冰雪消融的。根据《造命宗镜集》，如果修造房屋，可以看哪天是“冰消瓦解”日。因为盖房子对于迷信的古人来说，也是一件大事，必须选好日子。假如你要择日盖房子，就要查一查。如果这天的天干是午，午属火，象征着“瓦”，因为瓦是用火烧的。再查一查这一天的地支是不是“子”。如果是“子”，子属水，水克火，烧瓦的火就灭了。这就犯了“瓦解”。反过来，假如这一天的天干是子，子属水（冰）。就要查查这天的地支是不是“午”，如果是“午”，午属火，火来把冰蒸发了，这就犯了冰消。这两天不能盖房子。

“冰消瓦解”日还有不同的说法，例如明代《袁天罡五星三命大全》有一首口诀：

正巳二鼠三牛是，四猴五兔六月狗。七猪八马九羊当。十月龙蛇凶月守。

十一金鸡梁上叫，十二虎子当路口。

意思是说，冰消瓦解日是——正月的巳日，二月的子日，三月的丑日，四月的申日，五月的卯日，六月的戌日，七月的亥日，八月的午日，九月的未日，十月的辰日，十一月的酉日，十二月的寅日。赶上这些日子，不要干盖房、上梁、入宅、垒灶、造船、造桥这样的事。因为这些事，都和建造有关。碰上“冰消瓦解”就给你消解掉。

江湖术士很喜欢制造各种神煞，把已有的神煞往凶里说。依着他们，一年到头不是碰上这个神煞，就是碰上那个神煞。想干什么都干不了，这种“择日”也就没有任何意义了。

通天教主

◎ 约 1625 年

《封神演义》创作通天教主故事

通天教主是截教领袖，和老子、元始天尊都是鸿钧道人的弟子。但这个神名在之前从来没有过，所以可以视为《封神演义》的原创。

通天这个名称，一般用于东南沿海民间信仰的俗神中，如福建的“通天大圣”，有时也称“通天教主”。在民间的一些说唱评书里，还把元末明初僧人金碧峰称为通天教主。他在民间也很受崇拜，被认为是燃灯古佛转世。

此外，明代福建顺昌县还有一个神会，叫“通天神会”，似乎很有钱，缴纳的税赋十分可观。通天教主住在蓬莱岛，而且截教神仙大部分都住海岛，如九龙岛、金鳌岛等。所以，“通天教主”的神名天然和两个元素有关：东南沿海和民间宗教。

通天教主有教无类，门下徒弟众多，这也像民间宗教的做派。因为无论是佛还是道，正统宗教都讲究根器、择徒，不会随意滥收。

所以，《封神演义》中的阐截斗争，大致可以还原为正统宗教（佛、道）与民间宗教的斗争。因此老子、元始天尊、接引道人、准提道人联手绞杀通天教主，但是经鸿钧道人调停，最后“各安宗教”，还吸纳了大批截教人士成神，大概说明了正统宗教和民间宗教虽然有斗争、有裂痕，但仍然是打断胳膊连着筋的。

鸿钧道人

◎ 约 1625 年

《封神演义》创作鸿钧道人故事

鸿钧道人，民间又叫“鸿钧老祖”。“鸿”是大的意思，钧的本义是制陶的转轮。所以“鸿钧”的意思是“巨大的转轮”，是推动宇宙运转的中枢。

鸿钧是老子、元始天尊、通天教主的师父，号称“一道传三友，二教阐截分”。最后万仙阵打得不可开交，也是他出面才化解了矛盾。

鸿钧道人不见于任何道教神谱，可见是《封神演义》作者的原创。鸿钧道人诞生之后，民间也有零星的供奉，但正统道教并不认可，甚至予以清理、禁绝。晚清义和团起事时，喜欢借各种历史、神话人物“下神”，鸿钧老祖倒是其中的一位“常客”。

根据李亦辉先生的考证，《封神演义》的成书大体经过了三个阶段：明代前期为词话本阶段，编者没有留下姓名；万历年间为早期刊本阶段，编者为许仲琳；天启、崇祯年间为舒载阳刊本阶段，李云翔是该本的修订者和评点者，应修订刊刻于天启五年（1625）前后。所以，本书把鸿钧道人的诞生系于此年。

因为《封神演义》的影响力很大，所以今天的网络小说经常给鸿钧老祖编故事。其实这类故事民间早有流传，例如湖北神农架的唱书《黑暗传》中就有许多。

《黑暗传》体系庞大，不同的唱师讲的故事也不同。关于鸿钧老祖的故事很乱，明显受了《封神演义》的很多影响，但又掺和了自己本地特色的“梗”。

例如有一个故事说，鸿钧原本是一具浮尸所生，生下了弘儒、弘皓、鸿钧三兄妹。鸿钧是最小的妹妹——没错，鸿钧是一名女性。三兄妹都头顶一个葫芦（难道是葫芦娃？），然后弘儒、弘皓从葫芦里放出黑水、白水，造成洪水泡天，天下遭受了巨大的灾难。最后鸿钧与一个叫末叶的人结了婚，放出清水，拯救了世界[1]。“末叶”这个名字很有意思——“鸿钧”和“末叶”结合，有点像世界起源之神嫁给了世界末日之神。

还有一个故事说，鸿钧是上古太荒神投胎，然后一道传三友，一气化三清，鸿钧和太上老君是同为一体的。[2]这似乎能解释《封神演义》里，老子是鸿钧的大师兄，而且不掌任何一教，只是在中间做监视。

《封神演义》在文学上不算十分高明。但是，上起蒙昧难考的“玄鸟生商”，下到完全虚构的“鸿钧道人”，将近四千年的神话竟然能统一到一本书里，这不得不说是我们中华文化巨大的包容力。人历百代，事历千古，依然不绝如缕。不管我们承认还是不承认，煌煌正史，赫赫王侯，固然被世人所瞩目、所艳羡、所传颂，但那些隐秘的、底层的传统，依然如暗河、如岩浆、如大陆板块，在我们的脚下不息地奔流。

---

1 《黑暗传·洪水泡天·书录一本古今文》，出自杨帆《神农架长篇唱书〈黑暗传〉的文本与仪式音乐研究》。

2 《黑暗传·洪水泡天·把话提到灵山顶》，出处同上。